KB086029

백석 전 시집 ── 나와 나타샤와 흰 당나귀

나와 나타샤와 흰당나귀

백석 전 시집

시인들이 좋아하는 시어들의 향연
윤동주가 사랑하고 존경한 시인

스타북스

시인들이 가장 존경하는 시인, 백석

이름 앞에 유일하게 '천재'라는 수식어가 붙는 두 명 시인이 있다. 백석과 이상. 이상이 형태적으로 기존의 시 형식에서 벗어나고자 했다면 백석은 언어적으로 새로운 형식의 시를 창조하려고 부단히 노력한 시인이다. 어떤 시가 더 창의적이냐고 묻는다면 이상이겠지만, 어떤 시가 더 시적이냐고 묻는다면 백석이라고 답하겠다.

백석은 6개 국어에 능통하였으며 독일어, 영어, 러시아어는 수준급이었다고 한다. 그의 시들을 보면 일반적으로 사용하지 않던 수많은 단어를 사전 속에서 발굴하여 사용함으로써 우리말 전반의 지평을 넓힌 작가라고 볼 수 있다.

백석은 인간의 삶에 직접 와 닿는 시어들을 사용하였는데, 그가 쓴 시어들을 보면 우리 전통의 생활과 풍습에 대한 시인의 애정이 드러나는 시들이 많다. 여러 지방의 고어와 토착어, 평안도 방언을 시어로 가져와 썼고 이 책에서는 시인이 의도적으로 사용한 고어와 토착어, 평안도 방언을 그대로 살려 각주와 해설을 달아 이해하는 데 지장이 없도록 해 놓았다. 본문에서 비슷한 시기의 발표작임에도 단어의 표기를 다르게 한 경우가 있는데 맞춤법을 통일하던 당시의 혼란에 따른 것으로 이해된다.

이 책은 총 3부로 구성돼 있으며 존재하는 백석 시집 중 가장 많은 시를 수록했다. 1부는 그의 첫 시집이자 유일한 시집 『사슴』, 2부는 해방 이전의 시, 3부는 해방 이후 북에서 창작한 시이며 3부의 경우 남북 분단 이후 사회주의 체제의 고착화가 이루어진 이후 발표한 시라 그런지 표기법 변화 및 한자의 미사용 등이 눈에 띈다.

백석 시집 『사슴』은 1936년 1월 20일 국판 69쪽의 시집으로 출판사를 구하지 못해 자가 출판으로 한정판 100부만 찍은 시집이다. 값은 2원이었으며 시집 하단에 저작 겸 발행자 백석 著作 兼 發行者 白石이라고 적혀 있다.

시집의 수량이 적은 탓에 윤동주 시인은 백석 시집을 구할 수 없어 노트에 백석의 시를 직접 필사해 읽었다고 한다. 한 여론 조사에 따르면 대한민국 국민이 가장 사랑하는 시인이 윤동주라면, 시인이 가장 존경하는 시인은 백석이라고 한다.

부인 이 씨(이윤희) 말에 따르면 글밖에 모르던 사람이었던지라 농사일을 제대로 못 해 마을 사람들의 웃음거리가 됐다고 한다. 도리깨질이 서툴러 동네 처녀애들에게 배웠을 정도로 농사일에 서툰 사람이었으나 하루에 한 사람을 열 번 만나도 가슴에 손을 얹고 다정하게 인사를 건네며 지나갈 정도로 품성이 겸손해 삼수군에 사람 가운데 백석을 모르는 사람이 없었다고 한다.

백석의 정확한 사망 일자와 관련해 1995년 1월 사망했다는 설도 제기됐으나 1996년 1월 7일에 사망했다는 소식을 김재용 원광대 교수가 중국 옌볜 조선족에게 들었다며 북한에 거주하는 백석의 유족들이 조선족 지인에게 직접 전한 소식이라고 밝혔다.

백석은 압록강 인근 양강도 삼수군에서 농사일을 하며 문학도를 양성하다 노환으로 1996년 1월 7일, 83세의 나이로 세상을 떠났으며 그가 양성한 문학도들 다수가 중앙 문단에서 크게 인정받았다고 한다.

백석의 집에는 그의 창작 노트 등 그에 관한 자료가 남아 있지 않은 것으로 밝혀졌다. 장남 백화제白華濟 씨의 말에 따르면 백석이 생존 시 남겼던 원고 모두를 휴지로 써버렸다고 한다.

'이 세상에서 가난하고 외롭고 높고 쓸쓸히 살아가도록 태어났다'라고 말하는 시인. 그리고 '이 세상을 살아가는데 내 가슴은 너무도 많이 뜨거운 것으로 호젓한 것으로 사랑으로 슬픔으로 가득 찬다'라고 말하는 시인. '하늘이 이 세상을 내일 적에 그가 가장 귀해하고 사랑하는 것들은 모두 가난하고 외롭고 높고 쓸쓸히 그리고 언제나 넘치는 사랑과 슬픔 속에 살도록 만드신 것'같다는 시인 백석. 그의 시가 가난하고 외롭고 높고 쓸쓸하게 있지 않고 언제나 넘치는 사랑과 슬픔을 가지고 사는 독자들의 마음속에 영원히 살아 숨 쉬시길 염원하는 마음으로 이 책을 세상에 내놓는다.

차례

3 노루

4 국수당 넘어

3

해방 이후의 시

1

사슴

1

얼룩소 새끼의 영각

가즈랑집

승냥이가 새끼를 치는 전에는 쇠메 든 도적이 났다는 가즈랑
고개

가즈랑집[01]은 고개 밑의
산山 너머 마을서 도야지를 잃는 밤 즘생을 쫓는 깽제미[02] 소
리가 무서웁게 들려오는 집
닭 개 즘생을 못 놓는
멧도야지와 이웃사춘을 지나는 집

예순이 넘은 아들 없는 가즈랑집 할머니는 중같이 정해서 할
머니가 마을을 가면 긴 담뱃대에 독하다는 막써레기[03]를 몇
대라도 붙이라고 하며

간밤엔 섬돌 아래 승냥이가 왔었다는 이야기
어느메 산山골에선간 곰이 아이를 본다는 이야기

---

01 '가즈랑'이라는 고개에 있는 할머니 집을 일컫는다.
02 '꽹과리'의 평안북도 방언.
03 거칠게 썰어 놓은 잎담배.

나는 돌나물김치에 백설기를 먹으며

옛말의 구신집[04]에 있는 듯이

가즈랑집 할머니

내가 날 때 죽은 누이도 날 때

무명필에 이름을 써서 백지 달어서 구신간시렁[05]의 당즈깨[06]

에 넣어 대감님께 수영[07]을 들였다는 가즈랑집 할머니

언제나 병을 앓을 때면

신장[08]님 단련[09]이라고 하는 가즈랑집 할머니

구신의 딸이라고 생각하면 슬퍼졌다

토끼도 살이 오른다는 때 아르대즘퍼리[10]에서 제비꼬리 마타

리 쇠조지 가지취 고비[11] 고사리 두릅순 회순 산山나물을 하는

---

04 귀신이 있는 집이라는 말로 '당집'을 뜻한다.

05 귀신을 모셔 놓은 시렁. 집의 대청 들보 위 한구석에 작은 판자로 선반처럼 만들어 두
   었다.

06 음식을 넣어 가지고 다닐 수 있는 바구니로 지금의 도시락통과 같은 개념이다.

07 수양收養. 다른 사람의 자식을 맡아서 제 자식처럼 기름.

08 귀신 가운데 무력을 맡은 장수신.

09 귀신에게 받는 시달림.

10 '아르대'는 아래쪽, '즘퍼리'는 진창의 갯벌을 뜻하는 평안북도 방언으로 두 단어를 합
   하여 지명으로서 사용하였다.

11 제비꼬리: 제비꼬리고사리.

가즈랑집 할머니를 따르며

나는 벌써 달디단 물구지우림 둥굴네우림을 생각하고[12]

아직 멀은 도토리묵 도토리범벅까지도 그리워한다

뒤우란 살구나무 아래서 광살구[13]를 찾다가

살구벼락을 맞고 울다가 웃는 나를 보고

미꾸멍[14]에 털이 몇 자나 났나 보자고 한 것은 가즈랑집 할머니다

찰복숭아를 먹다가 씨를 삼키고는 죽는 것만 같어 하로종일

놀지도 못하고 밥도 안 먹은 것도

가즈랑집에 마을을 가서

당세[15] 먹은 강아지같이 좋아라고 집오래[16]를 설레다가었다

마타리: 연한 순을 식용과 약재로 사용하는 마타릿과의 여러해살이풀.

쇠조지: 식용 산나물의 하나.

가지취: 참취나물.

고비: 어린잎과 줄기는 식용하고, 뿌리와 줄기는 약재로 쓰는 산나물.

12 물구지우림: 물구지(무릇)의 뿌리를 물에 담가 쓴맛을 우려낸 음식.

　둥굴네우림: 둥굴레 뿌리를 물에 담가 쓴맛을 우려낸 뒤 찌거나 삶아 낸 음식.

13 익어서 저절로 떨어진 살구.

14 밑구멍.

15 당수. 곡식 가루에 물을 붓고 술 약간을 넣어 미음처럼 쑨 우리나라 전래 음식.

16 집 근처.

여우난 곬족族

명절날 나는 엄매 아배 따라 우리집 개는 나를 따라 진할머니
진할아버지가 있는 큰집으로 가면

얼굴에 별자국이 솜솜 난 말수와 같이 눈도 껌벅거리는 하로
에 베 한 필을 짠다는 벌[17] 하나 건너 집엔 복숭아나무가 많은
신리新里 고무[18] 고무의 딸 이녀李女 작은 이녀
열여섯에 사십四十이 넘은 홀아비의 후처가 된 포족족하니 성
이 잘 나는 살빛이 매감탕[19] 같은 입술과 젖꼭지는 더 까만 예
수쟁이 마을 가까이 사는 토산土山 고무 고무의 딸 승녀承女 아
들 승承동이
육십리六十里라고 해서 파랗게 뵈이는 산山을 넘어 있다는 해
변에서 과부가 된 코끝이 빨간 언제나 흰옷이 정하든 말 끝에
설게 눈물을 짤 때가 많은 큰골 고무 고무의 딸 홍녀洪女 아들
홍洪동이 작은 홍洪동이[20]

---

17 넓고 평평하게 생긴 땅.

18 고모.

19 엿을 고아 낸 솥을 씻은 단물 또는 메주를 쑤고 난 솥에 남아 있는 진한 물.

20 이녀李女, 승녀承女, 승承동이, 홍녀洪女, 홍洪동이 등은 평안북도 지방에서 아이들의
  성씨 뒤에 '녀'나 '동이'를 붙여 함께 부르던 애칭이다.

배나무접을 잘하는 주정을 하면 토방돌을 뽑는 오리치[21]를 잘
놓는 먼 섬에 반디젓[22] 담그려 가기를 좋아하는 삼춘 삼춘엄
매 사춘누이 사춘동생들

이 그득히들 할머니 할아버지가 있는 안간에들 모여서 방 안
에서는 새옷의 내음새가 나고
또 인절미 송구떡 콩가루차떡의 내음새도 나고 끼때[23]의 두부
와 콩나물과 뽂은 잔디와 고사리와 도야지비게는 모두 선득
선득하니 찬 것들이다.

저녁술을 놓은 아이들은 외양간섶[24] 밭마당에 달린 배나무동
산에서 쥐잡이를 하고 숨굴막질[25]을 하고 꼬리잡이를 하고 가
마 타고 시집가는 놀음 말 타고 장가가는 놀음을 하고 이렇게
밤이 어둡도록 북적하니 논다

21 평안북도 지역에서 야생 오리를 잡기 위해 사용한 둥그런 갈고리 모양의 도구.
22 '밴댕이젓'의 평안도 방언.
23 끼니때.
24 '옆'의 평안도, 함경도 방언.
25 숨바꼭질.

밤이 깊어가는 집안엔 엄매는 엄매들끼리 아르간[26]에서들 웃
고 이야기하고 아이들은 아이들끼리 웃간 한 방을 잡고 조아
질하고 쌈방이 굴리고 바리깨돌림하고 호박떼기[27]하고 제비
손이구손이[28]하고 이렇게 화디[29]의 사기방등[30]에 심지를 몇
번이나 돋구고 홍게닭[31]이 몇 번이나 울어서 졸음이 오면 아
릇목싸움 자리싸움을 하며 히드득거리다 잠이 든다 그래서는
문창에 텅납새[32]의 그림자가 치는 아츰 시누이 동세[33]들이 욱
적하니 흥성거리는 부엌으론 샛문틈으로 장지문틈으로 무이
징게국[34]을 끊이는 맛있는 내음새가 올라오도록 잔다

---

26 아랫간.

27 '공기놀이'의 평안도 방언.

28 두 줄로 서로 다리를 끼고 마주앉아 다리를 차례로 세며 노래 부르는 놀이.

29 '등잔걸이'의 평안북도 방언.

30 사기로 만든 등잔. '방등'은 '등잔'의 경상도, 평안도 방언.

31 '새벽닭'의 평안도 방언.

32 처마 네 귀 부분 또는 그곳의 큰 서까래를 뜻하는 '추녀'의 평안도 방언.

33 '동서同壻'의 평안도, 강원도 방언.

34 새우에 무를 썰어 넣고 끓인 국. '무이'는 '무'의 평안남도, 황해도, 강원도 방언이며 '징
게'는 '새우'의 경기도 방언이다.

고방[35]

낡은 질동이에는 갈 줄 모르는 늙은 집난이[36]같이 송구떡이
오래도록 남어 있었다

오지항아리[37]에는 삼춘이 밥보다 좋아하는 찹쌀탁주가 있어서
삼춘의 임내[38]를 내어가며 나와 사춘은 시큼털털한 술을 잘도
채어먹었다

제삿날이면 귀머거리 할아버지 가에서 왕밤을 밝고[39] 싸리꼬
치에 두부산적을 꿰었다[40]

손자아이들이 파리떼같이 모이면 곰의 발 같은 손을 언제나
내어둘렀다

---

35 '광'의 원말.

36 '출가한 딸'을 친정에서 부르는 평안도 방언.

37 오짓물(그릇에 윤이 나게 하는 잿물)을 발라 만든 항아리.

38 '흉내'의 평안도 고어.

39 '까고' '발라내고'의 평안도 방언.

40 '꿰었다' '끼웠다'의 평안북도, 경상도, 전라도, 충청도 방언.

구석의 나무말쿠지[41]에 할아버지가 삼는 소신[42] 같은 짚신이
둑둑이[43] 걸리어도 있었다

넷말[44]이 사는 컴컴한 고방의 쌀독 뒤에서 나는 저녁 끼때에
부르는 소리를 듣고도 못 들은 척하였다

41 '말코지'의 평안북도 방언. 물건을 걸기 위해 벽에 달아 두는 나무 갈고리.
42 소에게 일을 시킬 때 신기는 짚신.
43 수두룩이.
44 '옛말', '옛이야기'의 평안북도 방언.

모닥불

새끼오리도 헌신짝도 소똥도 갓신창도 개니빠디도 너울쪽도 짚검불[45]도 가락닢도 머리카락도 헌겊조각도 막대꼬치도 기왓장도 닭의 짗[46]도 개터럭도 타는 모닥불

재당도 초시도 문장門長 늙은이도 더부살이 아이도 새사위도 갓사둔[47]도 나그네도 주인도 할아버지도 손자도 붓장사도 땜쟁이도 큰개도 강아지도 모두 모닥불을 쪼인다

모닥불은 어려서 우리 할아버지가 어미아비 없는 서러운 아이로 불상하니도 몽둥발이[48]가 된 슬픈 력사가 있다

---

45 새끼오리 : 새끼줄.
   갓신창 : 말총으로 된 질긴 끈의 한 종류. 보통 사용하지 않는 갓에서 빼 쓴다.
   개니빠디 : 개의 이빨. '니빠디'는 '이빨'의 평안도 방언이다.
   너울쪽 : 널빤지.
   짚검불 : 지푸라기.
46 '깃'의 평안도, 함경도, 강원도 방언으로 고어이다.
47 재당 : 향촌의 최고 어른.
   초시初試 : 과거의 첫 시험 또는 초시에 급제한 사람. 한문 좀 아는 유식한 양반을 높여 이르던 말이기도 하다.
   문장門長 : 문중에서 항렬과 나이가 제일 위인 사람.
   갓사둔 : 새사돈.
48 몽둥발이. 딸려 붙었던 것이 다 떨어지고 몸뚱이만 남은 물건.

고야古夜

아배는 타관 가서 오지 않고 산山비탈 외따른 집에 엄매와 나와 단둘이서 누가 죽이는 듯이 무서운 밤 집 뒤로는 어늬 산山 골짜기에서 소를 잡어먹는 노나리꾼[49]들이 도적놈들같이 쿵쿵거리며 다닌다

날기멍석[50]을 져간다는 닭 보는 할미를 차 굴린다는 땅아래 고래 같은 기와집에는 언제나 니차떡에 청밀[51]에 은금보화가 그득하다는 외발 가진 조마구[52] 뒷산山 어늬메도 조마구네 나라가 있어서 오줌 누러 깨는 재밤[53] 머리맡의 문살에 대인 유리창으로 조마구 군병의 새까만 대가리 새까만 눈알이 들여다보는 때 나는 이불 속에 자즈러붙어 숨도 쉬지 못한다

또 이러한 밤 같은 때 시집갈 처녀 막내 고무가 고개 너머 큰집으로 치장감을 가지고 와서 엄매와 둘이 소기름에 쌍심지

---

49 소나 돼지를 밀도살하는 사람.

50 낟알을 널어 말릴 때 쓰는 멍석. '날기'는 '낟알'의 평안남도 방언.

51 니차떡 : '찰떡'의 평안북도 방언.
　　청밀 : 꿀.

52 조무래기.

53 '한밤중'의 평안도 방언.

의 불을 밝히고 밤이 들도록 바느질을 하는 밤 같은 때 나는 아룻목의 삳귀[54]를 들고 쇠든밤[55]을 내여 다람쥐처럼 밝어먹고[56] 은행여름[57]을 인두불에 구어도 먹고 그러다는 이불 위에서 광대넘이를 뒤이고 또 누어 굴면서 엄매에게 윗목에 두른 평풍[58]의 새빨간 천두[59]의 이야기를 듣기도 하고 고무더러는 밝는 날 멀리는 못 난다는 뫼추라기를 잡어달라고 조르기도 하고

내일같이 명절날인 밤은 부엌에 쩨듯하니[60] 불이 밝고 솥뚜껑이 놀으며 구수한 내음새 곰국이 무르끓고 방 안에서는 일가집 할머니가 와서 마을의 소문을 펴며 조개송편에 달송편에 쥔두기송편[61]에 떡을 빚는 곁에서 나는 밤소 팥소 설탕 든 콩가루소를 먹으며 설탕 든 콩가루소가 가장 맛있다고 생각한다

---

54 삳귀. 갈대를 엮어서 만든 자리의 가장자리.

55 생기 없이 새들새들한 밤.

56 발라먹고. '밝다'는 '바르다'의 평안도 방언이다.

57 열매.

58 '병풍'의 평안도 방언.

59 천도복숭아.

60 환하게.

61 진드기처럼 작고 동그랗게 빚은 송편.

나는 얼마나 반죽을 주무르며 흰가루손이 되어 떡을 빚고 싶은지 모른다

선달에 냅일날[62]이 들어서 냅일날 밤에 눈이 오면 이 밤엔 쌔하얀 할미귀신의 눈귀신도 냅일눈[63]을 받노라 못난다는 말을 든든히 녀기며 엄매와 나는 앙궁 우에 떡돌 우에 곱새담 우에 함지에 버치며 대냥푼[64]을 놓고 치성이나 드리듯이 정한 마음으로 냅일눈 약눈을 받는다

이 눈세기물[65]을 냅일물이라고 제주병에 진상항아리[66]에 채워두고는 해를 묵여가며 고뿔이 와도 배앓이를 해도 갑피기[67]를 앓아도 먹을 물이다

---

62 납일臘日. 동지 뒤의 셋째 미일未日로, 민간에서는 조상 및 여러 신들에게 제사하고 조정에서는 종묘사직에 제사를 지냈다.

63 납일에 내리는 눈으로 사람들은 이 눈을 약처럼 여겼다.

64 앙궁 : 아궁이.
곱새담 : 풀과 짚으로 엮은 담.
떡돌 : 떡을 칠 때 쓰는 판판하고 넓적한 돌.
대냥푼 : 큰 양푼.

65 눈이 섞인 물.

66 허름하고 보잘것없는 항아리.

67 '이질痢疾' 증세를 일컫는 평안북도 방언.

오리 망아지 토끼

오리치를 놓으려 아배는 논으로 나려간 지 오래다

오리는 동비탈[68]에 그림자를 떨어트리며 날어가고 나는 동말
랭이[69]에서 강아지처럼 아배를 부르며 울다가

시악이 나서는 등뒤 개울물에 아배의 신짝과 버선목과 대님
오리를 모다 던져버린다

장날 아츰에 앞 행길로 엄지[70] 따러 지나가는 망아지를 내라
고 나는 조르면

아배는 행길을 향해서 크다란 소리로

　　— 매지[71]야 오나라

　　— 매지야 오나라

새하려[72] 가는 아배의 지게에 치워[73] 나는 산山으로 가며 토끼
를 잡으리라고 생각한다

---

68 동쪽의 비탈.

69 동쪽의 등성이. '말랭이'는 등성이를 이루는 지붕이나 산꼭대기를 뜻하는 '마루'의 평
　　안남도, 강원도 방언.

70 짐승의 어미.

71 '망아지'의 평안도 방언.

72 '나무하려'의 평안도 방언.

73 얹혀.

맞구멍난 토끼굴을 아배와 내가 막어서면 언제나 토끼새끼는
내 다리 아래로 달어났다
나는 서글퍼서 서글퍼서 울상을 한다

2

돌덜구의 물

초동일初冬日

흙담벽에 볕이 따사하니
아이들은 물코를 흘리며 무감자⁰¹를 먹었다

돌덜구⁰²에 천상수天上水⁰³가 차게
복숭아나무에 시라리타래⁰⁴가 말러갔다

---

01 '고구마'의 충청도 방언.
02 돌절구. '덜구'는 '절구'의 평안도 방언이다.
03 하늘 위의 물, 즉 빗물을 뜻함.
04 시래기를 길게 엮은 타래. '시라리'는 '시래기'의 전라남도, 평안남도 방언.

하답夏畓

짝새[05]가 발뿌리에서 닐은[06] 논드렁에서 아이들은 개구리의 뒷다리를 구어먹었다

게구멍을 쑤시다 물쿤[07]하고 배암을 잡은 눞[08]의 피 같은 물이끼에 햇볕이 따그웠다

돌다리에 앉어 날버들치를 먹고 몸을 말리는 아이들은 물총새가 되었다

---

05 뱁새.
06 '일어난'의 고어.
07 물큰. 연하고 부드러운 느낌이 날 정도로 물렁한 모양.
08 '늪'의 평안도 방언.

주막 酒幕

호박닢에 싸오는 붕어곰[09]은 언제나 맛있었다

부엌에는 빨갛게 질들은 팔八모알상[10]이 그 상 우엔 새파란 싸리를 그린 눈알만한 잔盞이 뵈였다

아들아이는 범이라고 장고기[11]를 잘 잡는 앞니가 뻐드러진 나와 동갑이었다

울파주[12] 밖에는 장군[13]들을 따라와서 엄지의 젖을 빠는 망아지도 있었다

---

09 붕어를 오래 곤 국.

10 테두리를 팔각으로 만든 상.

11 잔고기. 몸피가 자그마한 물고기.

12 '울바자'의 평안도 방언. 대, 갈대, 수수깡, 싸리 등을 엮어 만든 울타리.

13 장꾼.

적경寂境[14]

신살구를 잘도 먹드니 눈오는 아츰
나어린 안해는 첫아들을 낳었다

인가人家 멀은 산山중에
까치는 배나무에서 즞는다

컴컴한 부엌에서는 늙은 홀아비의 시아부지가 미역국을 끓인다
그 마을의 외따른 집에서도 산국[15]을 끓인다

---

14 고요하고 적막한 곳.
15 산모가 아이를 낳은 뒤 먹는 국.

미명계 未明界

자즌닭[16]이 울어서 술국을 끓이는 듯한 추탕鰍湯집의 부엌은
뜨수할 것같이 불이 뿌연히 밝다

초롱이 히근하니 물지게꾼이 우물로 가며
별 사이에 바라보는 그믐달은 눈물이 어리었다

행길에는 선장[17] 대여가는[18] 장꾼들의 종이등燈에 나귀눈이
빛났다
어데서 서러웁게 목탁木鐸을 뚜드리는 집이 있다

---

16 자주 우는 새벽닭.

17 이른 장.

18 대어 가는. 정한 시간에 맞추어 간다는 뜻이다.

성외城外

어두어오는 성문城門 밖의 거리
도야지를 몰고 가는 사람이 있다

엿방 앞에 엿궤[19]가 없다

양철통을 찔렁거리며 달구지는 거리 끝에서 강원도江原道로
간다는 길로 든다

술집 문창에 그느슥한 그림자는 머리를 얹혔다

---

19 엿을 담는 속이 얕은 장방형의 목판.

추일산조秋日山朝

아츰볕에 섶구슬[20]이 한가로이 익는 골짝에서 꿩은 울어 산山
울림과 장난을 한다.

산山마루를 탄 사람들은 새꾼[21]들인가
파란 한울[22]에 떨어질 것같이
웃음소리가 더러 산山 밑까지 들린다

순례巡禮중이 산山을 올라간다
어젯밤은 이 산山절에 재齋가 들었다

무리돌[23]이 굴어나리는 건 중의 발굼치에선가

20 풀잎에 맺힌 이슬방울.

21 '나무꾼'의 평안도 방언.

22 하늘.

23 무릿돌. 우박과 같이 내린 여러 개의 많은 돌. '무리'는 우박을 뜻하며 '누리'의 평안도,
황해도 방언이다.

광원曠原²⁴

흙꽃²⁵ 니는 이른 봄의 무연한 벌을
경편철도輕便鐵道²⁶가 노새의 맘을 먹고 지나간다

멀리 바다가 뵈이는
가정거장假停車場도 없는 벌판에서
차車는 머물고
젊은 새악시 둘이 나린다

---

24 텅 비고 넓은 들.
25 흙먼지.
26 기관차와 차량이 궤도가 좁고 규모가 작고 간단한 철도.

흰밤

넷성城의 돌담에 달이 올랐다
묵은 초가지붕에 박이
또 하나 달같이 하이얗게 빛난다
언젠가 마을에서 수절과부 하나가 목을 매여 죽은 밤도 이러
한 밤이었다

3

노루

청시靑柿

별 많은 밤

하누바람[01]이 불어서

푸른 감이 떨어진다 개자 즞는다

---

01 하늬바람. 서쪽에서 부는 바람을 말하며, 북한 지역에서는 서북쪽이나 북쪽에서 부는
바람을 뜻한다.

산山비

산山뽕닢에 빗방울이 친다

멧비둘기가 닌다

나무등걸에서 자벌기[02]가 고개를 들었다 멧비둘기 켠을 본다

02 자벌레. '벌기'는 '벌레'의 강원도, 경상도, 함경도 방언.

쓸쓸한 길

거적장사 하나 산山 뒷녚 비탈을 오른다

아— 따르는 사람도 없이 쓸쓸한 쓸쓸한 길이다

산山가마귀만 울며 날고

도적갠가 개 하나 어정어정 따러간다

이스라치전이 드나 머루전[03]이 드나

수리취 땅버들의 하이얀 복[04]이 서러웁다

뚜물[05]같이 흐린 날 동풍東風이 설렌다

03 앵두가 달려 있는 풍경. '이스라치'는 '앵두'의 평안북도, 함경도 방언이다.
　　머루전 : 머루가 달려 있는 풍경.

04 수리취와 땅버들의 하얀 솜털.

05 뜨물. 곡식을 씻고 난 부연 물.

자류柘榴

남방토南方土 풀 안 돋은 양지귀[06]가 본[07]이다
햇비[08] 멎은 저녁의 노을 먹고 산다

태고太古에 나서
선인도仙人圖가 꿈이다
고산정토高山淨土에 산약山藥 캐다 오다

달빛은 이향異鄕
눈은 정기 속에 어우러진 싸움

---

06 볕이 바로 드는 가장자리.

07 본향本鄕.

08 개인 듯한 볕 사이로 내리는 비.

머루밤

불을 끈 방 안에 횃대의 하이얀 옷이 멀리 추울 것같이

개방위方位⁰⁹로 말방울 소리가 들려온다

문門을 연다 머루빛 밤한울에
송이버슷¹⁰의 내음새가 났다

---

09 술방戌方. 24방위의 하나로, 정서正西에서 북으로 가깝게 15도 각도 안의 방향이다.
10 '버섯'의 함경도, 평안도 방언.

050

여승女僧

여승女僧은 합장合掌하고 절을 했다

가지취의 내음새가 났다

쓸쓸한 낮이 넷날같이 늙었다

나는 불경佛經처럼 서러워졌다

평안도平安道의 어느 산山 깊은 금덤판[11]

나는 파리한 여인女人에게서 옥수수를 샀다

여인女人은 나어린 딸아이를 따리며 가을밤같이 차게 울었다

섶벌[12]같이 나아간 지아비 기다려 십년十年이 갔다

지아비는 돌아오지 않고

어린 딸은 도라지꽃이 좋아 돌무덤으로 갔다

산山꿩도 설게 울은 슬픈 날이 있었다

산山절의 마당귀에 여인女人의 머리오리[13]가 눈물방울과 같

이 떨어진 날이 있었다

---

11 금점金店판. 수공업 방식으로 작업하던 금광의 일터.

12 일벌.

13 머리카락.

수라修羅[14]

거미새끼 하나 방바닥에 나린 것을 나는 아모 생각 없이 문밖
으로 쓸어버린다
차디찬 밤이다

어니젠가[15] 새끼거미 쓸려나간 곳에 큰거미가 왔다
나는 가슴이 짜릿한다
나는 또 큰거미를 쓸어 문밖으로 버리며
찬 밖이라도 새끼 있는 데로 가라고 하며 서러워한다

이렇게 해서 아린 가슴이 싹기도[16] 전이다
어데서 좁쌀알만한 알에서 가제[17] 깨인 듯한 발이 채 서지도
못한 무척 적은 새끼거미가 이번엔 큰거미 없어진 곳으로 와
서 아물거린다
나는 가슴이 메이는 듯하다
내 손에 오르기라도 하라고 나는 손을 내어미나 분명히 울고

---

14 아수라阿修羅. 싸우기를 좋아하는 귀신으로 항상 싸움을 일삼는다.

15 어느 사이엔가.

16 가라앉기도.

17 '갓' '막' '방금'의 평안도 방언.

불고할 이 작은 것은 나를 무서우이 달어나버리며 나를 서럽
게 한다

나는 이 작은 것을 고이 보드러운 종이에 받어 또 문밖으로 버
리며

이것의 엄마와 누나나 형이 가까이 이것의 걱정을 하며 있다
가 쉬이 만나기나 했으면 좋으련만 하고 슬퍼한다

비

아카시아들이 언제 흰 두레방석[18]을 깔았나

어데서 물쿤[19] 개비린내가 온다

---

18 짚이나 부들 따위로 둥글게 엮은 방석.

19 물큰. 여기서는 냄새 따위가 한꺼번에 확 풍기는 모양을 의미한다.

노루

산山골에서는 집터를 츠고[20] 달궤[21]를 닦고
보름달 아래서 노루고기를 먹었다

---

20 치우고.

21 땅을 단단히 다지는 데 쓰는 도구인 '달구'의 평안북도 방언.

4

국수당 넘어

절간의 소 이야기

병이 들면 풀밭으로 가서 풀을 뜯는 소는 인간人間보다 영靈해서 열 걸음 안에 제 병을 낫게 할 약藥이 있는 줄을 안다고

수양산首陽山의 어느 오래된 절에서 칠십七十이 넘은 로장[01]은 이런 이야기를 하며 치맛자락의 산山나물을 추었다[02]

---

01 노장老長. 나이 많고 덕행이 높은 승려. 나이 많은 사람을 높여 이르기도 한다.
02 추렸다.

058

통영統營

넷날엔 통제사統制使가 있었다는 낡은 항구港口의 처녀들에겐
넷날이 가지 않은 천희千姬라는 이름이 많다
미역오리[03]같이 말라서 굴껍지처럼 말없이 사랑하다 죽는다는
이 천희千姬의 하나를 나는 어늬 오랜 객주客主집의 생선 가시
가 있는 마루방에서 만났다
저문 유월六月의 바닷가에선 조개도 울을 저녁 소라방등[04]이
붉으레한 마당에 김냄새 나는 비가 나렸다

---

03 미역 줄기.
04 소라껍질로 만든 등잔.

오금덩이라는 곳

어스름저녁 국수당 돌각담의 수무나무[05] 가지에 녀귀의 탱[06]
을 걸고 나물매[07] 갖추어놓고 비난수를 하는 젊은 새악시들
—잘 먹고 가라 서리서리 물러가라 네 소원 풀었으니 다시 침
노 말아라

벌개늪녘[08]에서 바리깨를 뚜드리는 쇳소리가 나면
누가 눈을 앓어서 부증이 나서 찰거마리를 부르는 것이다
마을에서는 피성한[09] 눈숡[10]에 저린 팔다리에 거마리를 붙인
다

여우가 우는 밤이면
잠 없는 노친네들은 일어나 팥을 깔이며 방뇨를 한다

여우가 주둥이를 향하고 우는 집에서는 다음날 으레히 흉사
가 있다는 것은 얼마나 무서운 말인가

시기柿崎[11]의 바다

저녁밥때 비가 들어서
바다엔 배와 사람이 흥성하다

참대창[12]에 바다보다 푸른 고기가 께우며[13] 섬돌에 곱조개가
붙는 집의 복도에서는 배창에 고기 떨어지는 소리가 들렸다

이즉하니[14] 물기에 누굿이[15] 젖은 왕구새자리[16]에서 저녁상
을 받은 가슴 앓는 사람은 참치회를 먹지 못하고 눈물겨웠다

어득한 기슭의 행길에 얼굴이 해쓱한 처녀가 새벽달같이
아 아즈내[17]인데 병인病人은 미역 냄새 나는 덧문을 닫고 버
러지같이 누었다

----

11 가키사키. 일본 혼슈 이즈반도의 남쪽 끝에 있는 항구 도시.

12 죽창.

13 '꿰이며'의 평안북도, 경상도, 전라도, 충청도 방언.

14 이슥하니.

15 느긋이, 여유 있게.

16 왕골로 만든 자리.

17 아지내. '초저녁'의 평안도 방언.

정주성定州城[18]

산山턱 원두막은 뷔였나[19] 불빛이 외롭다
헌겊[20]심지에 아즈까리[21] 기름의 쪼는[22] 소리가 들리는 듯
하다

잠자리 조을든 무너진 성城터
반딧불이 난다 파란 혼魂들 같다
어데서 말 있는 듯이 크다란 산山새 한 마리 어두운 골짜기로
난다

헐리다 남은 성문城門이
한울빛같이 훤하다
날이 밝으면 또 메기수염의 늙은이가 청배를 팔러 올 것이다

---

18 백석의 고향인 평안북도 정주.
19 비었나.
20 헝겊.
21 아주까리, 피마자.
22 타들어가는.

창의문외彰義門外

무이밭[23]에 흰나븨 나는 집 밤나무 머루넝쿨 속에 키질하는
소리만이 들린다
우물가에서 까치가 자꾸 즞거니 하면
붉은 수탉이 높이 샛더미[24] 우로 올랐다
텃밭가 재래종在來種의 임금林檎나무[25]에는 이제도 콩알만한
푸른 알이 달렸고 히스무레한 꽃도 하나둘 퓌여 있다
돌담 기슭에 오지항아리 독이 빛난다

---

23 무밭.

24 땔감더미. '새'는 '땔나무'의 평안북도 방언.

25 능금나무.

정문촌旌門村²⁶

주홍칠이 날은²⁷ 정문旌門이 하나 마을 어구에 있었다

「효자노적지지정문孝子盧迪之之旌門」— 몬지가 겹겹이 앉은 목각木刻의 액額에
나는 열살이 넘도록 갈지자之 둘을 웃었다

아카시아꽃의 향기가 가득하니 꿀벌들이 많이 날어드는 아츰
구신은 없고 부헝이가 담벽을 띠쫗고²⁸ 죽었다

기왓골에 배암이 푸르스름히 빛난 달밤이 있었다
아이들은 쪽재피²⁹같이 먼길을 돌았다

정문旌門집 가난이는 열다섯에
늙은 말꾼한테 시집을 갔겄다

---

26 충신, 효자, 열녀 등을 표창하기 위해 그 집 앞에 세우던 붉은 정문旌門이 있는 마을.
27 색이 바랜.
28 치쪼고. 부리로 위쪽을 향하여 쪼다.
29 '족제비'의 평안도, 함경도 방언.

여우난골

박을 삶는 집
할아버지와 손자가 오른 지붕 우에 한울빛이 진초록이다
우물의 물이 쓸 것만 같다

마을에서는 삼굿[30]을 하는 날
건넌마을서 사람이 물에 빠져 죽었다는 소문이 왔다

노란 싸리닢이 한불[31] 깔린 토방에 햇츩방석[32]을 깔고
나는 호박떡을 맛있게도 먹었다

어치라는 산山새는 벌배 먹어 고읍다는 골에서 돌배 먹고 아
픈 배를 아이들은 띨배[33] 먹고 나았다고 하였다

---

30 삼의 껍질을 벗기기 위해 쪄 내는 일.

31 하나 가득.

32 햇츩 방석. 그해에 새로 나온 칡덩굴을 엮어 만든 방석.

33 '벌배'는 '벌레 먹은 배'를, '돌배'는 '재래종 산배'를, '띨배'는 '산사나무 열매'를 뜻한다.
어휘를 잘 활용하는 백석이 여기서는 '배'로 끝나는 말놀이를 하고 있다.

삼방三防[34]

갈부던[35] 같은 약수藥水터의 산山거리엔 나무그릇과 다래나무지팽이가 많다

산山 너머 십오리十伍里서 나무뒝치[36] 차고 싸리신 신고 산山비에 촉촉이 젖어서 약藥물을 받으려 오는 두멧아이들도 있다

아랫마을에서는 애기무당이 작두를 타며 굿을 하는 때가 많다

---

34 함경남도 안변군의 명승지. 현재는 강원도 세포군 소속이다.

35 갈잎으로 엮어 만든 여자아이들의 장신구.

36 '뒤웅박'의 평안북도 방언.

2

그
외
해
방
이
전
의
시

산지山地⁰¹

갈부던같은 약수藥水터의 산山거리
여인숙旅人宿이 다래나무지팽이와 같이 많다

시냇물이 버러지 소리를 하며 흐르고
대낮이라도 산山 옆에서는
승냥이가 개울물 흐르듯 운다

소와 말은 도로 산山으로 돌아갔다
염소만이 아직 된비가 오면 산山개울에 놓인 다리를 건너 인
가人家 근처로 뛰여온다

벼랑탁⁰²의 어두운 그늘에 아츰이면
부헝이가 무거웁게 날러온다
낮이 되면 더 무거웁게 날러가버린다

산山 너머 십오리十伍里서 나무뒹치 차고 싸리신 신고 산山비에

01 〈산지山地〉는 1935년 11월 《조광朝光》 1호에 발표하였던 작품이며, 이것을 추후 3연
　　으로 개작하여 〈삼방三防〉이라는 제목으로 『사슴』에 실었다.

02 벼랑턱.

촉촉이 젖어서 약藥물을 받으러 오는 산山아이도 있다

아비가 앓는가부다

다래 먹고 앓는가부다

아랫마을에서는 애기무당이 작두를 타며 굿을 하는 때가 많다

나와 지렁이

내 지렁이는

커서 구렁이가 되었습니다

천 년 동안만 밤마다 흙에 물을 주면 그 흙이 지렁이가 되었습
니다

장마 지면 비와 같이 하늘에서 내려왔습니다

뒤에 붕어와 농다리[03]의 미끼가 되었습니다

내 리과[04] 책에서는 암컷과 수컷이 있어서 새끼를 낳았습니다

지렁이의 눈이 보고 싶습니다

지렁이의 밥과 집이 부럽습니다

03 농엇과에 속하는 민물고기.
04 이과理科.

통영統營

— 남행시초南行詩抄

구마산舊馬山의 선창에선 좋아하는 사람이 울며 나리는 배에
올라서 오는 물길이 반날
갓[05] 나는 고당은 갓갓기도[06] 하다

바람맛도 짭짤한 물맛도 짭짤한

전북[07]에 해삼에 도미 가재미의 생선이 좋고
파래에 아개미에 호루기[08]의 젓갈이 좋고

새벽녘의 거리엔 쾅쾅 북이 울고
밤새껏 바다에선 뿡뿡 배가 울고
자다가도 일어나 바다로 가고 싶은 곳이다

집집이 아이만한 피도 안 간 대구를 말리는 곳

---

05 어른이 된 남자가 머리에 쓰던 의관의 하나. 통영은 갓 제작으로 유명한 지역이다.

06 가깝기도.

07 '전복'의 강원도, 경상남도, 평안북도 방언.

08 아개미 : 아가미.
   호루기 : 어린 살오징어.

황화장사[09] 령감이 일본말을 잘도 하는 곳

처녀들은 모두 어장주漁場主한테 시집을 가고 싶어한다는 곳

산山 너머로 가는 길 돌각담에 갸웃하는 처녀는 금錦이라든

이 같고

내가 들은 마산馬山 객주客主집의 어린 딸은 난蘭이라는 이 같고

난蘭이라는 이는 명정明井골에 산다든데

명정明井골은 산山을 넘어 동백冬柏나무 푸르른 감로甘露 같은

물이 솟는 명정明井 샘이 있는 마을인데

샘터엔 오구작작 물을 긷는 처녀며 새악시들 가운데 내가 좋

아하는 그이가 있을 것만 같고

내가 좋아하는 그이는 푸른 가지 붉게붉게 동백冬柏꽃 피는 철

엔 타관 시집을 갈 것만 같은데

긴 토시 끼고 큰머리 얹고 오불고불 넘엣거리로 가는 여인女

人은 평안도平安道서 오신 듯한데 동백冬柏꽃 피는 철이 그 언

제요

09 황아장수. 집집마다 찾아다니며 온갖 자질구레한 잡화를 파는 사람.

옛 장수 모신 낡은 사당의 돌층계에 주저앉어서 나는 이 저녁
울듯 울듯 한산도閑山島 바다에 뱃사공이 되여가며
넝[10] 낮은 집 담 낮은 집 마당만 높은 집에서 열나흘 달을 업고
손방아만 찧는 내 사람을 생각한다

---

10 지붕의 평안북도 방언.

오리

오리야 네가 좋은 청명淸明 밑께 밤은
옆에서 누가 뺨을 처도 모르게 어둡다누나
오리야 이때는 따디기[11]가 되여 어둡단다

아무리 밤이 좋은들 오리야
해변벌에선 얼마나 너이들이 욱자지껄하며 멕이기에[12]
해변땅에 나들이 갔든 할머니는
오리새끼들은 장꽁이[13]나 하듯이 떠들썩하니 시끄럽기도 하
드란 숭[14]인가

그래도 오리야 호젓한 밤길을 가다
가까운 논배미들에서
까알까알하는 너이들의 즐거운 말소리가 나면
나는 내 마을 그 아는 사람들의 지껄지껄하는 말소리같이 반

11 따듯한 햇빛으로 흙이 풀려 푸석푸석해진 저녁 무렵.
12 '멕이다'는 어떤 일이 계속 이루어지는 상태 또는 계속 움직이는 상태라는 뜻의 평안
   북도 방언이다.
13 장날이 되어 사람들이 장터에 모여 붐비는 것.
14 흉.

가읍고나

오리야 너이들의 이야기판에 나도 들어

밤을 같이 밝히고 싶고나

오리야 나는 네가 좋구나 네가 좋아서

벌논의 늪 옆에 쭈구렁 벼알 달린 짚검불을 널어놓고

닭이짖올코[15]에 새끼달은치[16]를 묻어놓고

동둑[17] 넘에 숨어서

하로진일 너를 기다린다

오리야 고운 오리야 가만히 안겼거라

너를 팔어 술을 먹는 노盧장에 령감은

홀아비 소의연 침을 놓는 령감인데

나는 너를 백통전[18] 하나 주고 사오누나

---

15 닭의 깃털을 붙여 만든 올가미. '올코'는 '올가미'의 평안북도 방언이다.

16 새끼다랑치. 새끼줄을 엮어 만든 끈이 달린 바구니.

17 동桐. 크게 쌓은 둑.

18 백통돈. 백전. 백통(구리와 니켈의 합금)으로 만든 돈.

나를 생각하든 그 무당의 딸은 내 어린 누이에게

오리야 너를 한쌍 주드니

어린 누이는 없고 저는 시집을 갔다건만

오리야 너는 한쌍이 날어가누나

연자간

달빛도 거지도 도적개도 모다 즐겁다
풍구재¹⁹도 얼럭소도 쇠드랑볕²⁰도 모다 즐겁다

도적괭이 새끼락²¹이 나고
살진 쪽제비 트는 기지개 길고

홰냥닭은 알을 낳고 소리 치고
강아지는 겨를 먹고 오줌 싸고

개들은 게모이고 쌈지거리하고
놓여난 도야지 둥구재벼²²오고

송아지 잘도 놀고

---

19 '풍구'의 평안북도 방언. 곡물에 섞인 쭉정이, 겨, 먼지 등을 날려서 제거하는 농기구.

20 쇠스랑볕. 쇠스랑 모양의 창살로 들어와 비치는 햇빛.

21 야생동물이 커 가며 나오는 발톱.

22 둥구잡혀. '둥구'는 '두멍'의 평안북도 방언으로, 물을 담아 두고 쓰는 큰 가마나 독을 말한다. 따라서 시의 '둥구재벼'는 물동이를 안고 있는 모양처럼 돼지가 들려 있다는 뜻이다.

까치 보해[23] 짖고

신영길[24] 말이 울고 가고

장돌림 당나귀도 울고 가고

대들보 위에 베틀도 채일[25]도 토리개[26]도 모도들 편안하니

구석구석 후치도 보십도 소시랑[27]도 모도들 편안하니

---

23 뻔질나게, 연달아.

24 혼례에 앞서 신랑이 신부를 맞이하러 신부 집으로 가는 의식.

25 차일遮日. 햇빛을 가리기 위하여 치는 포장.

26 목화의 씨를 빼는 기구. '씨아'의 평안북도 방언.

27 후치 : 훌칭이. '극쟁이'의 평안북도, 함경남도, 강원도, 경상남도 방언. 땅을 가는 데 쓰는 농기구로 쟁기와 비슷하다.
   보십 : 보습. 쟁기, 극쟁이, 가래 따위 농기구의 술바닥에 끼우는 넓적한 삽 모양의 쇳조각.
   소시랑 : 쇠스랑.

황일黃日

한 십리十里 더가면 절간이 있을 듯한 마을이다 낮 기울은 볕이 장글장글하니 따사하다 흙은 젖이 커서 살같이 깨서 아지랑이 낀 속이 안타까운가 보다 뒤울안에 복사꽃 핀 집엔 아무도 없나 보다 뷔인 집에 꿩이 날어와 다니나 보다 울밖 늙은 들매나무에 튀튀새 한불[28] 앉었다 흰구름 따러가며 딱장벌레 잡다가 연둣빛 닢새가 좋아 올라왔나 보다 밭머리에도 복사꽃 피었다 새악시도 피었다 새악시 복사꽃이다 복사꽃 새악시다 어데서 송아지 매— 하고 운다 골갯논드렁[29]에서 미나리 밟고 서서 운다 복사나무 아래 가 흙장난하며 놀지 왜 우노 자개밭둑에 엄지 어데 안 가고 누웠다 아릇동리선가 말 웃는 소리 무서운가 아릇동리 망아지 네 소리 무서울라 담모도리[30] 바윗잔등에 다람쥐 해바라기하다 조은다 토끼잠 한잠 자고 나서 세수한다 흰구름 건넌산으로 가는 길에 복사꽃 바라노라 섰다 다람쥐 건넌산 보고 부르는 푸념이 간지럽다

---

28 들매나무 : 들메나무.
  튀튀새 : 티티새. 개똥지빠귀.
  한불 : 하나 가득.
29 좁은 골짜기에 만든 논두렁.
30 담 모서리. '모도리'는 '모서리'의 평안북도 방언이다.

저기는 그늘 그늘 여기는 챙챙 —

저기는 그늘 그늘 여기는 챙챙 —

탕약湯藥

눈이 오는데

토방에서는 질화로 우에 곱돌탕관[31]에 약이 끓는다

삼에 숙변에 목단에 백복령에 산약에 택사의 몸을 보한다는

육미탕六味湯이다[32]

약탕관에서는 김이 오르며 달큼한 구수한 향기로운 내음새가

나고

약이 끓는 소리는 삐삐 즐거웁기도 하다

그리고 다 달인 약을 하이얀 약사발에 밭어놓은 것은

아득하니 깜하야 만년萬年 넷적이 들은 듯한데

나는 두 손으로 고이 약그릇을 들고 이 약을 내인 넷사람들을

생각하노라면

내 마음은 끝없이 고요하고 또 맑어진다

---

31 곱돌로 만든 약탕관. 곱돌(납석)은 광택이 있고 매끈매끈한 암석을 이른다.

32 숙변 : 숙지황熟地黃. 생지황을 아홉 번 찌고 아홉 번 말려서 만든 약재.
　　목단 : 목단피牧丹皮. 모란 뿌리의 껍질.
　　백복령白伏 : 소나무 등의 땅속 뿌리에 기생하는 버섯.
　　산약 : 마의 뿌리.
　　택사 : 택사과의 여러해살이풀.
　　육미탕六味湯 : 숙지황, 목단피, 백복령, 산약, 택사, 산수유 등을 달여 만드는 보약. 시
　　에서는 산수유 대신 삼이 들어가 있다.

이두국주가도伊豆國湊街道[33]

넷적본[34]의 휘장마차에

어느메 촌중의 새 새악시와도 함께 타고

먼 바닷가의 거리로 간다는데

금귤이 눌한[35] 마을마을을 지나가며

싱싱한 금귤을 먹는 것은 얼마나 즐거운 일인가

---

33 일본 이즈伊豆 지방의 항구 도로. '이두국伊豆國'은 이즈반도를 가리키며, '주가도湊街道'는 항구의 큰 도로를 뜻한다.

34 옛날식, 고전풍.

35 누런.

창원도昌原道

— 남행시초南行詩抄 1

솔포기에 숨었다
토끼나 꿩을 놀래주고 싶은 산山허리의 길은

엎데서 따스하니 손 녹히고 싶은 길이다

개 데리고 호이호이 회파람 불며
시름 놓고 가고 싶은 길이다

궤나리봇짐 벗고 땃불[36] 놓고 앉어
담배 한 대 피우고 싶은 길이다

승냥이 줄레줄레 달고 가며
덕신덕신 이야기하고 싶은 길이다

더꺼머리 총각은 정든 님 업고 오고 싶을 길이다

---

36 땅불. 땅 위의 한데 장작을 모아 질러 놓은 불.

통영統營

— 남행시초南行詩抄 2

통영統營장 낫대들었다[37]

갓 한 닢 쓰고 건시 한 접 사고 홍공단 단기[38] 한 감 끊고 술
한 병 받어들고

화륜선 만져보려 선창 갔다

오다 가수내[39] 들어가는 주막 앞에
문둥이 품바타령 듣다가

열이레 달이 올라서
나룻배 타고 판데목[40] 지나간다 간다

(서병직[徐丙織][41]씨에게)

---

37 바로 들어갔다. 대뜸 들어갔다.

38 홍공단紅貢緞 : 붉은 빛깔의 비단.
　단기 : 댕기.

39 가시내.

40 경상남도 통영시와 미륵도를 잇는 해저터널이 뚫린 수로. 1932년 완공되었다.

41 서병직은 백석이 사모한 박경련의 외사촌 오빠로, 백석이 통영에 내려갔을 때 그를
　안내하고 대접한 인물이다.

고성가도固城街道

— 남행시초南行詩抄 3

고성固城장 가는 길

해는 둥둥 높고

개 하나 얼린하지[42] 않는 마을은

해바른 마당귀에 맷방석 하나

빨갛고 노랗고

눈이 시울은 곱기도 한 건반밥[43]

아 진달래 개나리 한창 퓌였구나

가까이 잔치가 있어서

곱디고운 건반밥을 말리우는 마을은

얼마나 즐거운 마을인가

어쩐지 당홍치마 노란저고리 입은 새악시들이

웃고 살을 것만 같은 마을이다

---

42 얼씬도 하지.

43 시울은 : 환하게 눈이 부신.

　건반밥 : 찐 찹쌀을 말려 부수거나 빻은 가루.

삼천포三千浦

— 남행시초南行詩抄 4

졸레졸레 도야지새끼들이 간다

귀밑이 재릿재릿하니 볕이 담복 따사로운 거리다

잿더미에 까치 오르고 아이 오르고 아지랑이 오르고

해바라기하기 좋을 볏곡간 마당에

볏짚같이 누우란 사람들이 둘러서서

어늬 눈 오신 날 눈을 츠고[44] 생긴 듯한 말다툼 소리도 누우라니

소는 기르매[45] 지고 조은다

아 모도들 따사로히 가난하니

---

44 치고. '치우다'의 옛말.

45 '길마'의 평안도 방언. 짐을 싣거나 수레를 끌기 위해 소의 등에 얹는 안장.

함주시초咸州詩抄

─ 북관北關⁴⁶

명태明太 창난젓에 고추무거리에 막칼질한 무이를 뷔벼 익힌
것을
이 투박한 북관北關을 한없이 끼밀고⁴⁷ 있노라면
쓸쓸하니 무릎은 꿇어진다

시큼한 배척한⁴⁸ 퀴퀴한 이 내음새 속에
나는 가느슥히 여진女眞의 살내음새를 맡는다

얼근한 비릿한 구릿한 이 맛 속에선
까마득히 신라新羅 백성의 향수鄕愁도 맛본다

---

46 '함경도'를 일컫는 다른 이름.
47 끼고 앉아 가까이 보며 자세히 느끼고.
48 냄새나 맛이 조금 비린.

— 노루

장진長津[49]땅이 지붕넘에 넘석하는[50] 거리다
자구나무[51] 같은 것도 있다
기장감주에 기장차떡[52]이 흔한데다
이 거리에 산골사람이 노루새끼를 다리고 왔다

산골사람은 막베 등거리 막베 잠방둥에[53]를 입고
노루새끼를 닮었다
노루새끼 등을 쓸며
터 앞에 당콩순[54]을 다 먹었다 하고
서른닷냥 값을 부른다
노루새끼는 다문다문 흰 점이 백이고 배 안의 털을 너슬너슬
벗고

---

49 함경남도 장진군.

50 넘어다 보이는.

51 자귀나무.

52 장감주 : 기장으로 만든 감주.
　기장차떡 : 기장으로 만든 찰떡. '차떡'은 '찰떡'의 평안북도 방언이다.

53 막베 : 거칠고 성기게 짠 베.
　등거리 : 소매가 짧거나 없게 만든 홑저고리.
　잠방둥에 : 잠방이. 가랑이가 무릎까지 내려오도록 짧게 만든 홑바지.

54 강낭콩순. '당콩'은 '강낭콩'의 평안도 방언이다.

산골사람을 닮었다

산골사람의 손을 핥으며
약자[55]에 쓴다는 흥정소리를 듣는 듯이
새까만 눈에 하이얀 것이 가랑가랑한다

─ 고사古寺

부뚜막이 두 길이다
이 부뚜막에 놓인 사닥다리로 자박수염난 공양주는 성궁미[56]
를 지고 오른다

한 말 밥을 한다는 크나큰 솥이
외면하고 가부틀고 앉아서 염주도 세일 만하다

화라지송침이 단채로[57] 들어간다는 아궁지
이 험상궂은 아궁지도 조앙님[58]은 무서운가보다

농마루[59]며 바람벽은 모두들 그느슥히
흰밥과 두부와 튀각과 자반을 생각나 하고

---

56 부처에게 바치는 쌀.
57 화라지송침 : 옆으로 길게 뻗어 나간 소나무의 곁가지를 잘라 땔감으로 장만한 다발.
   단채로 : 한 묶음 통째로.
58 부엌을 주관하는 신.
59 '천장'의 평안도 방언.

하폄[60]도 남즉하니 불기와 유종[61]들이
묵묵히 팔짱끼고 쭈구리고 앉었다

재 안 드는 밤[62]은 불도 없이 캄캄한 까막나라에서
조앙님은 무서운 이야기나 하면
모두들 죽은 듯이 엎데였다 잠이 들 것이다
(귀주사[歸州寺] – 함경도[咸鏡道] 함주군[咸州郡])

― 선우사膳友辭[63]

낡은 나조반[64]에 흰밥도 가재미도 나도 나와 앉아서
쓸쓸한 저녁을 맞는다

흰밥과 가재미와 나는
우리들은 그 무슨 이야기라도 다 할 것 같다
우리들은 서로 미덥고 정답고 그리고 서로 좋구나

우리들은 맑은 물밑 해정한 모래톱에서 하구 긴 날을 모래알
만 헤이며 잔뼈가 굵은 탓이다
바람 좋은 한벌판에서 물닭[65]이 소리를 들으며 단이슬 먹고
나이 들은 탓이다
외따른 산골에서 소리개 소리 배우며 다람쥐 동무하고 자라
난 탓이다

우리들은 모두 욕심이 없어 희여졌다

---

63 '선우膳友'는 '반찬 친구'라는 뜻이다.

64 나주에서 생산된 전통 소반. 나좃대를 받쳐 놓는 쟁반인 나조반(나좃쟁반)과는 다르
다.

65 뜸부깃과의 새.

착하디 착해서 세괏은[66] 가시 하나 손아귀 하나 없다
너무나 정갈해서 이렇게 파리했다

우리들은 가난해도 서럽지 않다
우리들은 외로워할 까닭도 없다
그리고 누구 하나 부럽지도 않다

흰밥과 가재미와 나는
우리들이 같이 있으면
세상 같은 건 밖에 나도 좋을 것 같다

─ 산곡山谷

돌각담에 머루송이 깜하니 익고

자갈밭에 아즈까리알이 쏟아지는

잠풍하니[67] 볕바른 골짝이다

나는 이 골짝에서 한겨울을 날려고 집을 한 채 구하였다

집이 몇 집 되지 않는 골안은

모두 터알[68]에 김장감이 퍼지고

뜨락에 잡곡 낟가리가 쌓여서

어니[69] 세월에 뷔일 듯한 집은 뵈이지 않았다

나는 자꾸 골안으로 깊이 들어갔다

골이 다한 산대 밑에 자그마한 돌능와집[70]이 한 채 있어서

이 집 남길동[71] 단 안주인은 겨울이면 집을 내고

산을 돌아 거리로 나려간다는 말을 하는데

----

67 잔잔한 바람이 부는.

68 집의 울안에 있는 작은 밭.

69 어느.

70 얇은 돌 조각을 지붕으로 인 집.

71 남색의 저고리 깃동.

해바른 마당에는 꿀벌이 스무나문 통 있었다

낮 기울은 날을 햇볕 장글장글한 툇마루에 걸어앉어서

지난여름 도락구[72]를 타고 장진長津땅에 가서 꿀을 치고 돌아

왔다는 이 벌들을 바라보며 나는

날이 어서 추워져서 쑥국화꽃도 시들고

이 바즈런한 백성들도 다 제 집으로 들은 뒤에

이 골안으로 올 것을 생각하였다

---

72 '트럭'의 일본어식 표현.

바다

바닷가에 왔드니

바다와 같이 당신이 생각만 나는구려

바다와 같이 당신을 사랑하고만 싶구려

구붓하고[73] 모래톱을 오르면

당신이 앞선 것만 같구려

당신이 뒤선 것만 같구려

그리고 지중지중 물가를 거닐면

당신이 이야기를 하는 것만 같구려

당신이 이야기를 끊은 것만 같구려

바닷가는

개지꽃[74]에 개지 아니 나오고

고기비눌에 하이얀 햇볕만 쇠리쇠리하야[75]

어쩐지 쓸쓸만 하구려 섧기만 하구려

---

73 몸을 약간 구부리고.

74 '나팔꽃'의 평안북도 방언.

75 빛이나 색채가 강렬하여 눈이 부셔. '쇠리쇠리하다'는 '부시다'의 평안북도 방언이다.

추야일경秋夜一景

닭이 두 홰나 울었는데

안방 큰방은 홰즛하니[76] 당등[77]을 하고

인간[78]들은 모두 웅성웅성 깨여 있어서들

오가리며 석박디[79]를 썰고

생강에 파에 청각에 마눌을 다지고

시래기를 삶는 훈훈한 방 안에는

양념 내음새가 싱싱도 하다

밖에는 어데서 물새가 우는데

토방에선 햇콩두부가 고요히 숨이 들어갔다

---

76 어둑하고 고요하니. 1행과 2행에서 '홰' 운율이 반복된다.

77 '장등長燈'의 평안도 방언. 밤새도록 켜 놓는 등불.

78 평안도 지역에서 '식구'를 이르는 말.

79 오가리 : 무나 호박 따위의 살을 오리거나 썰어서 말린 것.
  석박디 : 섞박지. 배추에 무, 오이를 넙적하게 썰어 넣은 다음 여러 가지 고명에 젓국
  을 쳐서 한데 버무린 뒤 조기젓 국물을 약간 부은 김치.

산중음山中吟

— 산숙山宿

여인숙旅人宿이라도 국수집이다
모밀가루 포대가 그득하니 쌓인 웃간은 들믄들믄 더웁기도
하다
나는 낡은 국수분틀과 그즈런히 나가 누어서
구석에 데굴데굴하는 목침木枕들을 베여보며
이 산山골에 들어와서 이 목침木枕들에 새까마니 때를 올리고
간 사람들을 생각한다
그 사람들의 얼골과 생업生業과 마음들을 생각해 본다

— 향악饗樂

초생달이 귀신불같이 무서운 산山골거리에선
처마 끝에 종이등의 불을 밝히고
쩌락쩌락 떡을 친다
감자떡이다
이젠 캄캄한 밤과 개울물 소리만이다

— 야반夜半

토방에 승냥이 같은 강아지가 앉은 집
부엌으론 무럭무럭 하이얀 김이 난다
자정도 활신 지났는데
닭을 잡고 모밀국수를 누른다고 한다
어늬 산山 옆에선 캥캥 여우가 운다

— 백화白樺

산골집은 대들보도 기둥도 문살도 자작나무다
밤이면 캥캥 여우가 우는 산山도 자작나무다
그 맛있는 모밀국수를 삶는 장작도 자작나무다
그리고 감로甘露같이 단샘이 솟는 박우물[80]도 자작나무다

산山 너머는 평안도平安道 땅도 뵈인다는 이 산山골은 온통 자
작나무다

---

80 바가지로 물을 뜰 수 있는 얕은 우물.

나와 나타샤와 흰 당나귀

가난한 내가
아름다운 나타샤를 사랑해서
오늘밤은 푹푹 눈이 나린다

나타샤를 사랑은 하고
눈은 푹푹 날리고
나는 혼자 쓸쓸히 앉어 소주燒酒를 마신다
소주燒酒를 마시며 생각한다
나타샤와 나는
눈이 푹푹 쌓이는 밤 흰 당나귀 타고
산골로 가자 출출이[81] 우는 깊은 산골로 가 마가리[82]에 살자

눈은 푹푹 나리고
나는 나타샤를 생각하고
나타샤가 아니올 리 없다
언제 벌써 내 속에 고조곤히 와 이야기한다

---

81 뱁새.

82 '오막살이'의 평안북도, 함경남도 방언.

산골로 가는 것은 세상한테 지는 것이 아니다
세상 같은 건 더러워 버리는 것이다

눈은 푹푹 나리고
아름다운 나타샤는 나를 사랑하고
어데서 흰 당나귀도 오늘밤이 좋아서 응앙응앙 울을 것이다

석양夕陽

거리는 장날이다

장날 거리에 녕감들이 지나간다

녕감들은

말상을 하였다 범상을 하였다 쪽재피[83]상을 하였다

개발코를 하였다 안장코를 하였다 질병코를 하였다

그 코에 모두 학실[84]을 썼다

돌체 돈보기다 대모체 돈보기다 로이도 돈보기[85]다

녕감들은 유리창 같은 눈을 번득거리며

투박한 북관北關 말을 떠들어대며

쇠리쇠리한 저녁해 속에

사나운 즘생같이들 사러졌다

---

83 '족제비'의 평안도, 함경도, 강원도 방언.

84 '돋보기'의 평안북도 방언.

85 돌체 돈보기 : 석영石英으로 테를 만든 돈보기.
   대모체 돈보기 : 바다거북의 껍데기로 테를 만든 돈보기.
   로이도 돈보기 : 미국의 희극 배우 로이드(Lloyd)가 쓰고 영화에 출연한 데서 유래한
   둥글고 굵은 테의 돈보기.

나는 북관北關에 혼자 앓어 누어서

어늬 아츰 의원醫員을 뵈이었다

의원醫員은 여래如來 같은 상을 하고 관공關公[86]의 수염을 드

리워서

먼 녯적 어늬 나라 신선 같은데

새끼손톱 길게 돋은 손을 내어

묵묵하니 한참 맥을 집드니

문득 물어 고향故鄕이 어데냐 한다

평안도平安道 정주定州라는 곳이라 한즉

그러면 아무개씨氏 고향故鄕이란다

그러면 아무개씰 아느냐 한즉

의원醫員은 빙긋이 웃음을 띠고

막역지간莫逆之間이라며 수염을 쓴다

나는 아버지로 섬기는 이라 한즉

의원醫員은 또다시 넌즛이 웃고

말없이 팔을 잡어 맥을 보는데

손길은 따스하고 부드러워

고향故鄕도 아버지도 아버지의 친구도 다 있었다

---

86 관우關羽. 중국 삼국 시대 촉한의 무장.

절망絶望

북관北關에 계집은 튼튼하다
북관北關에 계집은 아름답다
아름답고 튼튼한 계집은 있어서
흰 저고리에 붉은 길동[87]을 달어
검정치마에 받처입은 것은
나의 꼭 하나 즐거운 꿈이였드니
어늬 아츰 계집은
머리에 무거운 동이를 이고
손에 어린것의 손을 끌고
가펴러운 언덕길을
숨이 차서 올라갔다
나는 한종일 서러웠다

---

87 저고리 '끝동'의 평안북도 방언.

외갓집

내가 언제나 무서운 외갓집은

초저녁이면 안팎마당이 그득하니 하이얀 나비수염을 물은 보득지근한[88] 복쪽재비들[89]이 씨굴씨굴 모여서는 쨍쨍 쨍쨍 쇳스럽게 울어대고

밤이면 무엇이 기왓골에 무리돌[90]을 던지고 뒤울안 배나무에 쩨듯하니 줄등을 혜여[91] 달고 부뚜막의 큰 솥 적은 솥을 모조리 뽑아놓고 재통[92]에 간 사람의 목덜미를 그냥그냥 나려 눌러선 잿다리[93] 아래로 처박고

그리고 새벽녘이면 고방 시렁에 채국채국[94] 얹어둔 모랭이[95] 목판 시루며 함지가 땅바닥에 넘너른히 널리는 집이다

---

88 '보드랍고 매끄러운'이라는 뜻의 평안북도 방언.

89 복福족제비. 복을 가져다주는 족제비라는 뜻으로 집에 들어왔거나 집에 들어와 사는 족제비를 이른다.

90 기왓골 : 기와고랑. 기와지붕에서 수키와와 수키와 사이에 빗물이 잘 흘러내리도록 골을 낸 부분.
   무리돌 : 많은 돌. 길바닥에 널린 잔돌을 뜻한다.

91 켜. '혜다'는 '켜다'의 강원도, 평안도, 함경북도, 황해도 방언이다.

92 '변소'의 평안도 방언.

93 재래식 변소에 걸쳐 놓은 두 개의 나무.

94 차곡차곡.

95 함지 모양의 작은 나무 그릇.

개

접시 귀에 소기름이나 소뿔등잔에 아즈까리 기름을 켜는 마을에서는 겨울 밤 개 짖는 소리가 반가웁다

이 무서운 밤을 아래 웃방성[96] 마을 돌아다니는 사람은 있어 개는 짖는다

낮배 어니메 치코[97]에 꿩이라도 걸려서 산山 너머 국수집에 국수를 받으려 가는 사람이 있어도 개는 짖는다

김치 가재미선[98] 동치미가 유별히 맛나게 익는 밤

아배가 밤참 국수를 받으려 가면 나는 큰마니[99]의 돋보기를 쓰고 앉어 개 짖는 소리를 들은 것이다

---

96 방榜꾼이 방榜을 전하기 위해 아래윗마을로 다니며 외치는 소리.

97 낮배 : 낮때. 한낮 무렵.
　　어니메 : 어느 곳에.
　　치코 : 올가미.

98 '가자미식해'의 함경도 방언.

99 '할머니'의 평안북도 방언.

내가 생각하는 것은

밖은 봄철날 따디기의 누굿하니 푹석한 밤이다
거리에는 사람두 많이 나서 흥성흥성 할 것이다
어쩐지 이 사람들과 친하니 싸단니고 싶은 밤이다

그렇것만 나는 하이얀 자리 우에서 마른 팔뚝의
샛파란 핏대를 바라보며 나는 가난한 아버지를
가진 것과 내가 오래 그려오든 처녀가 시집을 간 것과
그렇게도 살틀하든 동무가 나를 버린 일을 생각한다

또 내가 아는 그 몸이 성하고 돈도 있는 사람들이
즐거이 술을 먹으려 단닐 것과
내 손에는 신간서新刊書 하나도 없는 것과
그리고 그 「아서라 세상사世上事」[100]라도 들을
류성기[101]도 없는 것을 생각한다

그리고 이러한 생각이 내 눈가를 내 가슴가를
뜨겁게 하는 것도 생각한다

---

100 판소리 단가 〈편시춘片時春〉의 첫머리로 당시 인기 많은 노래 중 하나였다.
101 유성기. 축음기.

내가 이렇게 외면하고

내가 이렇게 외면하고 거리를 걸어가는 것은 잠풍[102] 날씨가
너무나 좋은 탓이고
가난한 동무가 새 구두를 신고 지나간 탓이고 언제나 꼭같은
넥타이를 매고 고운 사람을 사랑하는 탓이다

내가 이렇게 외면하고 거리를 걸어가는 것은 또 내 많지 못한
월급이 얼마나 고마운 탓이고
이렇게 젊은 나이로 코밑수염도 길러보는 탓이고 그리고 어
늬 가난한 집 부엌으로 달재[103] 생선을 진장[104]에 꼿꼿이 지진
것은 맛도 있다는 말이 자꾸 들려오는 탓이다

---

102 잠풍殘風. 잔잔하게 부는 바람.

103 '달궁이'의 평안북도, 함경남도 방언. 달강어. 길이 30센티미터 정도에 가늘고 가시
가 많은 바닷물고기.

104 진간장. 검정콩으로 쑨 메주로 담가 빛이 까맣게 된 간장 또는 오래 묵어서 아주 진
하게 된 간장.

물닭의 소리

── 삼호三湖

문기슭에 바다해ㅅ자를 까꾸로 붙인 집
산듯한 청삿자리[105] 우에서 찌륵찌륵
우는 전복[106]회를 먹어 한녀름을 보낸다

이렇게 한녀름을 보내면서 나는 하늑이는
물살에 나이금[107]이 느는 꽃조개와 함께
허리도리가 굵어가는 한 사람을 연연해 한다

---

105 푸른 삿자리. '삿자리'는 갈대를 엮어서 만든 자리를 말함.
106 '전복全鰒'의 평안북도, 강원도, 경상남도 방언.
107 나이를 나타내는 금.

─ 물계리物界里

물밑 ─ 이 세모래 닌함박[108]은 콩조개만 일다

모래장변 ─ 바다가 널어넣고 못미더워 드나드는 명주필을 짓

궂이 발뒤축으로 찢으면

날과 씨는 모두 양금[109]줄이 되어 짜랑짜랑 울었다

---

108 이남박. 안쪽에 고랑처럼 여러 줄로 돌려 파서 만든 함지박. 쌀 등을 씻어 일면서 돌
  이나 모래를 가라앉게 했다.

109 사다리꼴의 넓적한 오동나무 몸통에 연결된 줄을 채로 쳐서 소리를 내는 현악기.

─ 대산동大山洞[110]

비애고지[111] 비애고지는

제비야 네 말이다

저 건너 노루섬[112]에 노루 없드란 말이지

신미도 삼각산[113]엔 가무래기[114]만 나드란 말이지

비애고지 비애고지는

제비야 네 말이다

푸른 바다 흰 한울이 좋기도 좋단 말이지

해밝은 모래장변에 돌비 하나 섰단 말이지

비애고지 비애고지는

제비야 네 말이다

눈빨갱이 갈매기 발빨갱이 갈매기 가란 말이지

---

110 평안북도 정주군 덕언면 소속의 마을. 백석의 고향인 갈산면 익성동 위에 있는 동네
　　이다.

111 제비의 지저귐 소리에서 만들어진 제비의 별칭.

112 장도獐島. 대산동 건너편에 있는 섬.

113 신미도身彌島 : 평안북도 선천군 앞바다의 큰 섬으로 장도(노루섬) 위에 있다.
　　삼각산三角山 : 신미도에 있는 산.

114 가무라기. 가막조개. 가무락조개.

승냥이처럼 우는 갈매기

무서워 가란 말이지

— 남향南鄕

푸른 바닷가의 하이얀 하이얀 길이다

아이들은 늘늘히 청대나무말을 몰고
대모풍잠[115]한 늙은이 또요 한 마리를 드리우고 갔다

이 길이다
얼마 가서 감로甘露 같은 물이 솟는 마을 하이얀 회담벽에 옛
적본의 장반시계[116]를 걸어놓은 집 홀어미와 사는 물새 같은
외딸의 혼사말이 아즈랑이같이 낀 곳은

---

115 대모갑으로 만든 풍잠. '대모갑玳瑁甲'은 바다거북의 껍데기이며, '풍잠風簪'은 망건의
   당 앞쪽에 대는 장식품을 말한다.
116 쟁반같이 생긴 둥근 시계.

── 야우소회 夜雨小懷

캄캄한 비 속에
새빨간 달이 뜨고
하이얀 꽃이 퓌고
먼바루[117] 개가 짖는 밤은
어데서 물외[118] 내음새 나는 밤이다

캄캄한 비 속에
새빨간 달이 뜨고
하이얀 꽃이 퓌고
먼바루 개가 짖고
어데서 물외 내음새 나는 밤은

나의 정다운 것들 가지 명태 노루 뫼추리 질동이 노랑나뷔 바
구지꽃[119] 모밀국수 남치마 자개짚세기[120] 그리고 천희 千姬라
는 이름이 한없이 그리워지는 밤이로구나

---

117 먼발치. 멀찍이 떨어져 있는 정도를 뜻함.

118 오이.

119 박꽃.

120 자개로 만든 짚신 모양의 장식품 또는 자개를 짚신에 가득 담아 놓은 장식물.

─ 꼴두기

신새벽 들망에
내가 좋아하는 꼴두기가 들었다
갓 쓰고 사는 마음이 어진데
새끼 그믈[121]에 걸리는 건 어인 일인가

갈매기 날어온다

입으로 먹을 뿜는 건
몇십년 도를 닦어 퓌는 조환가
앞뒤로 가기를 마음대로 하는 건
손자孫子의 병서兵書도 읽은 것이다
갈매기 쭝얼댄다

그러나 시방 꼴두기는 배창에 너불어저 새새끼 같은 울음을
우는 곁에서
뱃사람들의 언젠가 아홉이서 회를 처먹고도 남어 한 깃[122]씩

---

121 '그물'의 옛말.
122 무엇을 나눌 때 각자에게 돌아오는 몫.

노나가지고 갔다는 크디큰 꼴두기의 이야기를 들으며 나는
슬프다

갈매기 날어난다

가무래기의 낙樂

가무락조개 난 뒷간거리[123]에

빗[124]을 얻으려 나는 왔다

빗이 안 되어 가는 탓에

가무래기도 나도 모도 춥다

추운 거리의 그도 추운 능당[125] 쪽을 걸어가며

내 마음은 웃줄댄다 그 무슨 기쁨에 웃줄댄다

이 추운 세상의 한구석에

맑고 가난한 친구가 하나 있어서

내가 이렇게 추운 거리를 지나온 걸

얼마나 기뻐하며 락단하고[126]

그즈런히 손깍지 벼개하고 누어서

이 못된 놈의 세상을 크게 크게 욕할 것이다

---

123 가까운 거리를 뜻한다.

124 햇빛.

125 능달. 응달.

126 즐거워하며 손뼉을 치고.

멧새소리

처마 끝에 명태明太를 말린다

명태明太는 꽁꽁 얼었다

명태明太는 길다랗고 파리한 물고긴데

꼬리에 길다란 고드름이 달렸다

해는 저물고 날은 다 가고 볕은 서러웁게 차갑다

나도 길다랗고 파리한 명태明太다

문門턱에 꽁꽁 얼어서

가슴에 길다란 고드름이 달렸다

박각시 오는 저녁

당콩밥에 가지냉국의 저녁을 먹고 나서

바가지꽃 하이얀 지붕에 박각시 주락시[127] 붕붕 날아오면

집은 안팎 문을 횅하니 열젖기고

인간들은 모두 뒷등성으로 올라 멍석자리를 하고 바람을 쐬

이는데

풀밭에는 어느새 하이얀 대림질감들이 한불 널리고

돌우래며 팟중이[128] 산옆이 들썩하니 울어댄다

이리하여 한울에 별이 잔콩 마당 같고

강낭밭[129]에 이슬이 비 오듯 하는 밤이 된다

---

127 박각시 : 박각시나방.
　　주락시 : 줄각시나방.

128 돌우래 : 도루래. '땅강아지'의 평안북도 방언.
　　팟중이 : 팥중이. 메뚜깃과의 흑갈색을 띠는 작은 곤충.

129 옥수수를 심은 밭. '강낭'은 '강냉이'의 평안도, 경상도 방언이다.

넘언집 범 같은 노큰마니[130]

황토 마루 수무나무에 얼럭궁 덜럭궁 색동헌겊 뜯개조박 뵈
짜배기[131] 걸리고 오쟁이 끼애리[132] 달리고 소 삼은 엄신 같은
딥세기[133]도 열린 국수당고개를 몇 번이고 튀튀 춤을 뱉고 넘
어가면 골안에 아늑히 묵은 녕동[134]이 무겁기도 할 집이 한 채
안기었는데

집에는 언제나 센개 같은 게사니[135]가 벅작궁 고아내고[136] 말
같은 개들이 떠들썩 짖어대고 그리고 소거름 내음새 구수한
속에 엇송아지 히물쩍 너들씨는데[137]

---

130 노老할머니. 증조할머니.

131 뜯개조박 : 뜯어진 헝겊 조각. '조박'은 평안남도 방언이다.
　　뵈짜배기 : 베 쪼가리. 베 조각.

132 오쟁이 : 짚으로 엮어 만든 작은 그릇.
　　끼애리 : '꾸러미'의 평안북도 방언. 짚으로 길게 묶어 중간중간 동인 꾸러미.

133 소疏 삼은 : 성글게 엮거나 짠.
　　엄신 : 엄짚신. 상제喪制가 초상 때부터 졸곡卒哭 때까지 신는 짚신.
　　딥세기 : 짚신.

134 영동楹棟. 기둥과 마룻대.

135 센개 : 털빛이 흰 개.
　　게사니 : '거위'의 강원도, 경기도, 평안도, 함경도, 황해도 방언.

136 벅작궁 : 법석대는 모양.
　　고아내고 : 떠들어대고.

137 조심성 없이 까부는데.

집에는 아배에 삼촌에 오마니에 오마니가 있어서 젖먹이를
마을 청능[138] 그늘 밑에 삿갓을 씌워 한종일내 뉘어두고 김을
매려 단녔고 아이들이 큰마누래에 작은마누래[139]에 제구실을
할 때면 종아지물본[140]도 모르고 행길에 아이 송장이 거적뙈
기에 말려나가면 속으로 얼마나 부러워하였고 그리고 끼때에
는 부뚜막에 바가지를 아이덜 수대로 주룬히 늘어놓고 밥 한
덩이 질게[141] 한술 들여틀여서는 먹었다는 소리를 언제나 두
고두고 하는데

일가들이 모두 범같이 무서워하는 이 노큰마니는 구덕살이[142]
같이 욱실욱실하는 손자 증손자를 방구석에 들매나무 회채리
를 단으로 쩌다[143] 두고 따리고 싸리갱이[144]에 갓진창[145]을 매

---

138 마을 입구의 시원한 장소.

139 큰마누래 : 큰마마. '천연두'의 평안북도, 함경남도 방언.
　　작은마누래 : 작은 마마. '수두'의 평안북도 방언.

140 뭐가 뭔지도 모르고 또는 까닭도 모르고.

141 '반찬'의 함경도 방언.

142 '구더기'의 평안북도 방언.

143 베어다.

144 싸리나무의 줄기.

145 갓에서 나온 말총으로 된 질긴 끈.

여놓고 따리는데

내가 엄매 등에 업혀가서 상사말같이 항약에 야기[146]를 쓰면 한창 퓌는 함박꽃을 밑가지채 꺾어주고 종대에 달린 제물배[147]도 가지채 쩌주고 그리고 그 애끼는 게사니알도 두 손에 쥐어주곤 하는데

우리 엄매가 나를 가지는 때 이 노큰마니는 어늬 밤 크나큰 범이 한 마리 우리 선산으로 들어오는 꿈을 꾼 것을 우리 엄매가 서울서 시집을 온 것을 그리고 무엇보다도 내가 이 노큰마니의 당조카의 맏손자로 난 것을 다견하니 알뜰하니 기꺼이 녀기는 것이었다

---

146 상사말 : '생마(야생마)'의 평안북도 방언.
　　항약 : 악을 쓰며 대드는 것을 뜻하는 평안북도 방언.
　　야기 : 주로 어린아이들이 불만스러워서 야단하는 짓.

147 종대 : 꽃을 달기 위하여 한가운데서 올라오는 줄기. 여기서는 열매를 맺기 위해 올라온 줄기를 뜻하는 말로 사용하였다.
　　제물배 : 제물祭物로 쓰는 배.

동뇨부 童尿賦

봄철날 한종일내 노곤하니 벌불[148] 장난을 한 날 밤이면 으례
히 싸개동당[149]을 지나는데 잘망하니[150] 누어 싸는 오줌이 넙
적다리를 흐르는 따근따근한 맛 자리에 펑하니 괴이는 척척
한 맛

첫 녀름 이른 저녁을 해치우고 인간들이 모두 터앞에 나와서
물외포기에 당콩포기에 오줌을 주는 때 터앞에 밭마당에 샛
길에 떠도는 오줌의 매캐한 재릿한 내음새

긴긴 겨울밤 인간들이 모두 한잠이 들은 재밤중[151]에 나 혼자
일어나서 머리맡 쥐밭 같은 새끼오강에 한없이 누는 잘 매럽
던 오줌의 사르릉 쪼로록 하는 소리
그리고 또 엄매의 말엔 내가 아직 굳은 밥을 모르던 때 살갗
퍼런 막내고무가 잘도 받어 세수를 하였다는 내 오줌빛은 이
슬같이 샛말갛기도 샛맑았다는 것이다

_____

148 들불.
149 어린아이가 자면서 오줌똥을 가리지 못하고 싸서 자리를 질펀하게 만들어 놓는 일.
150 하는 행동이나 모양새가 좀스럽고 얄밉게.
151 '한밤중'의 평안도 방언.

안동安東[152]

이방異邦 거리는

비오듯 안개가 나리는 속에

안개같은 비가 나리는 속에

이방異邦 거리는

콩기름 쪼리는 내음새 속에

섶누에 번디[153] 삶는 내음새 속에

이방異邦 거리는

도끼날 벼르는 돌물레[154] 소리 속에

되광대 켜는 되양금[155] 소리 속에

손톱을 시펄하니 길우고 기나긴 창꽈쯔[156]를 즐즐 끌고 싶었다

---

152 '단둥丹東'의 이전 이름. 중국 요동遼東반도에 있는 도시로 압록강 유역에 있다.

153 섶누에 : 산누에. 집누에와 비슷하나 몸집이 커 네 배 정도 더 무겁다.
　　번디 : 번데기.

154 칼이나 도끼 등의 무뎌진 날을 날카롭게 갈도록 만든 회전식 숫돌.

155 되광대 : 중국의 광대.
　　되양금 : 양금과 비슷한 중국의 현악기.

156 장괘자長掛子. 중국식 긴 저고리.

만두饅頭꼬깔을 눌러쓰고 곰방대를 물고 가고 싶었다

이왕이면 향香내 높은 취향리梨 돌배[157] 움퍽움퍽 씹으며 머리

채 츠렁츠렁 발굽을 차는 꾸냥[158]과 가즈런히 쌍마차雙馬車 몰

아가고 싶었다

157 중국 배의 한 종류.

158 고낭姑娘. 처녀를 뜻하는 중국말.

함남도안咸南道安¹⁵⁹

고원선高原線¹⁶⁰ 종점終點인 이 작은 정거장停車場엔

그렇게도 우쭐대며 달가불시며 뛰어오던 뿡뿡차車¹⁶¹가

가이없이 쓸쓸하니도 우두머니 서 있다

해빛이 초롱불같이 희맑은데

해정한¹⁶² 모래부리 플랫폼에선

모두들 쩔쩔 끓는 구수한 귀이리차茶를 마신다

칠성七星고기¹⁶³라는 고기의 쩜벙쩜벙 뛰노는 소리가

쨋쨋하니¹⁶⁴ 들려오는 호수湖水¹⁶⁵까지는

들죽¹⁶⁶이 한불 새까마니 익어가는 망연한 벌판을 지나가야 한다

---

159 함경남도의 '도안道安' 지역.

160 개마고원의 서부를 이루는 고원으로, 함흥에서 부전호수에 이르는 철로를 말한다.
　　고원지대에 부설된 철도이기에 '고원선'이라고 이름한 것이다.

161 달가불시며 : 호들갑을 떨며 또는 까불며.
　　뿡뿡차車 : 기동차.

162 깨끗하고 맑은.

163 칠성장어.

164 높고 날카롭게.

165 도안 지역에 있는 '부전호수'를 일컫는다.

166 들쭉. 들쭉나무의 열매.

구장¹⁶⁷로球場路

— 서행시초西行詩抄 1

삼리三里 밖 강江쟁변엔 자갯돌에서

비멀이한¹⁶⁸ 옷을 부숭부숭 말려 입고 오는 길인데

산山모롱고지 하나 도는 동안에 옷은 또 함북 젖었다

한 이십리二十里 가면 거리라든데

한겻¹⁶⁹ 남아 걸어도 거리는 뵈이지 않는다

나는 어니¹⁷⁰ 외진 산山길에서 만난 새악시가 곱기도 하든 것과

어니메 강江물 속에 들여다뵈이든 쏘가리가 한자나 되게 크든

것을 생각하며

산山비에 젖었다는 말렀다 하며 오는 길이다

이젠 배도 출출히 고팠는데

어서 그 옹기장사가 온다는 거리로 들어가면 무엇보다도 몬

저『주류판매업酒類販賣業』이라고 써붙인 집으로 들어가자

---

167 평안북도 영변군에 있는 지명. 지금의 구장군 구장읍.

168 비에 흠뻑 젖은.

169 반나절. 또는 낮의 한가운데를 뜻하는 '한낮'의 평안남도 방언.

170 '어느'의 평안도 방언.

그 뜨수한 구들에서

따끈한 삼십오도三十伍度 소주燒酒나 한잔 마시고

그리고 그 시래기국에 소피를 넣고 두부를 두고 끓인 구수한

술국을 트근히[171] 몇 사발이고 왕사발로 몇 사발이고 먹자

---

171 '수두룩하게' '수북하게'의 평안북도 방언.

북신北新¹⁷²

— 서행시초西行詩抄 2

거리에서는 모밀내가 났다

부처를 위하는 정갈한 노친네의 내음새 같은 모밀내가 났다

어쩐지 향산香山¹⁷³ 부처님이 가까웁다는 거린데

국수집에서는 농짝 같은 도야지를 잡어걸고 국수에 치는 도

야지고기는 돗바늘¹⁷⁴ 같은 털이 드문드문 백였다

나는 이 털도 안 뽑은 도야지고기를 물구럼이 바라보며

또 털도 안 뽑는 고기를 시꺼먼 맨모밀국수에 얹어서 한입에

꿀꺽 삼키는 사람들을 바라보며

나는 문득 가슴에 뜨끈한 것을 느끼며

소수림왕小獸林王을 생각한다 광개토대왕廣開土大王을 생각한다

팔원八院[175]

— 서행시초西行詩抄 3

차디찬 아침인데

묘향산행妙香山行 승합자동차乘合自動車는 텅하니 비어서

나이 어린 계집아이 하나가 오른다

옛말속같이 진진초록 새 저고리를 입고

손잔등이 밭고랑처럼 몹시도 터졌다

계집아이는 자성慈城으로 간다고 하는데

자성慈城은 예서 삼백오십리三百伍十里 묘향산妙香山 백오십리
百伍十里

묘향산妙香山 어디메서 삼촌이 산다고 한다

쌔하얗게 얼은 자동차自動車 유리창 밖에

내지인內地人 주재소장駐在所長[176] 같은 어른과 어린아이 둘이

내임을 낸다[177]

계집아이는 운다 느끼며 운다

텅 비인 차車 안 한구석에서 어느 한 사람도 눈을 씻는다

계집아이는 몇 해고 내지인內地人 주재소장駐在所長 집에서

---

175 평안북도 영변군 팔원면.

176 '주재소'는 일제강점기에 순사가 머무르며 사무를 맡아보던 경찰의 말단 기관으로,
    '주재소장'은 그곳의 장을 일컫는다.

177 냄을 한다. 배웅을 한다. '냄'은 '배웅'의 평안도 방언이다.

밥을 짓고 걸레를 치고 아이보개를 하면서

이렇게 추운 아침에도 손이 꽁꽁 얼어서

찬물에 걸레를 쳤을 것이다

월림月林[178]장

— 서행시초西行詩抄 4

『자시동북팔십천희천自是東北八○粁熙川[179]』의 표標말이 선 곳
돌능와집에 소달구지에 싸리신에 옛날이 사는 장거리에
어니 근방 산천山川에서 덜거기[180] 꿱꿱 검방지게 운다

초아흐레 장판에
산 멧도야지 너구리가죽 튀튀새 났다
또 가얌[181]에 귀이리에 도토리묵 도토리범벅도 났다

나는 주먹다시 같은 떡당이[182]에 꿀보다도 달다는 강낭엿을
산다
그리고 물이라도 들 듯이 샛노랗디 샛노란 산山골 마가을[183]
볕에 눈이 시울도록 샛노랗디 샛노란 햇기장 쌀을 주무르며

---

178 평안북도 영변군 북신현면에 속한 고개. 지금의 향산군 림흥리 동북쪽 남신리와의
    경계.

179 '여기(월림장)로부터 동북 방향으로 희천까지 80킬로미터'라는 뜻. 직선거리로는 30
    킬로미터 정도이나, 험준한 지형에 따른 실제 거리를 더 멀게 표기해 놓은 듯하다.

180 '수꿩'의 평안북도 방언.

181 개암.

182 주먹다시 : 주먹.
    떡당이 : 떡 덩이.

183 '늦가을'의 평안북도 방언.

기장쌀은 기장차떡이 좋고 기장차랍[184]이 좋고 기장감주가 좋고 그리고 기장쌀로 쑨 호박죽은 맛도 있는 것을 생각하며 나는 기쁘다

목구木具

오대伍代나 나린다는 크나큰 집 다 찌그러진 들지고방[185] 어득
시근한 구석에서 쌀독과 말쿠지와 숫돌과 신뚝[186]과 그리고
넷적과 또 열두 데석[187]님과 친하니 살으면서

한 해에 몇 번 매연지난[188] 먼 조상들의 최방등 제사[189]에는 컴
컴한 고방 구석을 나와서 대멀머리에 외얏맹건을 지르터 맨
[190] 늙은 제관의 손에 정갈히 몸을 씻고 교우[191] 우에 모신 신주
앞에 환한 촛불 밑에 피나무 소담한 제상 위에 떡 보탕[192] 식혜
산적 나물지짐 반봉[193] 과일들을 공손하니 받들고 먼 후손들

---

185 허름한 광.

186 방이나 마루 앞에 신발을 올리도록 놓아둔 돌.

187 제석帝釋. 제석신帝釋神. 한 집안의 수명, 곡물, 의류, 화복에 관한 일을 맡아보는 신.

188 매년 지낸. 매년 지내 온.

189 평안북도 정주 지방의 전통적인 제사 풍속으로 5대째부터 차손次孫이 제사를 지내
   는 것.

190 대멀머리 : 아무것도 쓰지 않은 맨머리.
   외얏맹건 : 오얏망건. 망건을 눌러쓴 모양이 오얏(자두)꽃처럼 단정하게 보인다는 데
   서 온 말.
   지르터 맨 : 망건 등을 쓸 때 뒤통수 쪽을 세게 눌러 망건편자를 졸라맨.

191 교의交椅. 신주神主를 모시는 다리가 긴 의자.

192 제기에 담긴 탕.

193 제물로 쓰는 생선 종류를 통칭하는 말.

의 공경스러운 절과 잔을 굽어보고 또 애끊는 통곡과 축을 귀에하고[194] 그리고 합문 뒤에는 흠향 오는 구신들과 호호히 접하는 것

구신과 사람과 넋과 목숨과 있는 것과 없는 것과 한줌 흙과 한 점 살과 먼 녯조상과 먼 훗자손의 거룩한 아득한 슬픔을 담는 것

내 손자의 손자와 손자와 나와 할아버지와 할아버지의 할아버지와 할아버지의 할아버지의 할아버지와…… 수원백씨水原白氏 정주백촌定州白村의 힘세고 꿋꿋하나 어질고 정 많은 호랑이 같은 곰 같은 소 같은 피의 비 같은 밤 같은 달 같은 슬픔을 담는 것 아 슬픔을 담는 것

---

194 귀로 듣고.

수박씨, 호박씨

어진 사람이 많은 나라에 와서

어진 사람의 즛을 어진 사람의 마음을 배워서

수박씨 닦은 것을 호박씨 닦은[195] 것을 입으로 앞니빨로 밝는
다[196]

수박씨 호박씨를 입에 넣는 마음은

참으로 철없고 어리석고 게으른 마음이나

이것은 또 참으로 밝고 그윽하고 깊고 무거운 마음이라

이 마음 안에 아득하니 오랜 세월이 아득하니 오랜 지혜가 또

아득하니 오랜 인정人情이 깃들인 것이다

태산泰山의 구름도 황하黃河의 물도 옛님군[197]의 땅과 나무의

덕도 이 마음 안에 아득하니 뵈이는 것이다

이 적고 가부엽고 갤족한 희고 까만 씨가

조용하니 또 도고하니[198] 손에서 입으로 입에서 손으로 오르
나리는 때

---

195 '볶은'의 평안도, 함경도, 황해도 방언.

196 껍질을 벗겨 속에 든 알맹이를 집어내다.

197 임금.

198 스스로 높은 체하여 교만하게. 도덕적 수양이 높다는 뜻도 있다.

벌에 우는 새소리도 듣고 싶고 거문고도 한 곡조 뜯고 싶고 한

오천伍千 말 남기고[199] 함곡관函谷關도 넘어가고 싶고

기쁨이 마음에 뜨는 때는 희고 까만 씨를 앞니로 까서 잔나비

가 되고

근심이 마음에 앉는 때는 희고 까만 씨를 혀끝에 물어 까막까

치가 되고

어진 사람이 많은 나라에서는

오두미伍斗米[200]를 버리고 버드나무 아래로 돌아온 사람도

그 넢차개[201]에 수박씨 닦은 것은 호박씨 닦은 것은 있었을 것

이다

나물 먹고 물 마시고 팔벼개하고 누웠든 사람도

그 머리맡에 수박씨 닦은 것은 호박씨 닦은 것은 있었을 것이다

---

199 주나라를 떠나기 위해 함곡관에 이른 노자가 국경의 관리자 윤희尹喜에게 붙들려 5
천 자로 된『도덕경道德經』을 완성해 준 고사를 일컫는다.

200 다섯 말의 쌀이라는 뜻으로, 얼마 되지 않는 봉급을 이른다.

201 허리에 차고 다니는 주머니.

북방北方에서

— 정현웅鄭玄雄[202]에게

아득한 넷날에 나는 떠났다

부여扶餘를 숙신肅愼을 발해渤海를 여진女眞을 요遼를 금金을

흥안령興安嶺을 음산陰山을 아무우르를 숭가리[203]를

범과 사슴과 너구리를 배반하고

송어와 메기와 개구리를 속이고 나는 떠났다

나는 그때

자작나무와 이깔나무[204]의 슬퍼하든 것을 기억한다

갈대와 장풍[205]의 붙드든 말도 잊지 않었다

오로촌이 멧돌[206]을 잡어 나를 잔치해 보내든 것도

---

202 정현웅鄭玄雄은 서양화가로,《여성》및《문장》지 등에서 삽화가로도 활동하였다. 1939년에는 정현웅이 백석의 옆모습을 스케치하고 그에 대한 인상을 써서《문장》지에 싣기도 했다. 그는 한 사무실 바로 옆에 앉아 있는 친구 백석에 대해 묘사하며 '서반아(에스파냐) 사람도 같고 필리핀 사람도 같다. ⋯ 서반아 투사의 옷을 입히면 꼭 어울릴 것이라고 생각한다'라고 썼다.

203 흥안령興安嶺 : 몽골고원과 중국 동북 평원의 경계를 이루는 산맥.
　　음산陰山 : 몽골고원의 남쪽으로 뻗어 있는 산맥.
　　아무우르 : 아무르(Amur). 중국 흑룡강 주변 지역.
　　숭가리 : 송화강松花江. 중국 둥베이 지방 길림성 및 흑룡강성을 흐르는 강. 백두산 천지天池에서 발원하여 흑룡강으로 흐르는 가장 큰 지류.

204 잎갈나무.

205 창포菖蒲.

206 오로촌 : 만주 북부 지방에 거주하는 소수민족.

쏠론[207]이 십리길을 따러나와 울든 것도 잊지 않었다

나는 그때

아모 이기지 못할 슬픔도 시름도 없이

다만 게을리 먼 앞대[208]로 떠나 나왔다

그리하여 따사한 햇귀[209]에서 하이얀 옷을 입고 매끄러운 밥

을 먹고 단샘을 마시고 낮잠을 잤다

밤에는 먼 개소리에 놀라나고

아츰에는 지나가는 사람마다에게 절을 하면서도

나는 나의 부끄러움을 알지 못했다

그동안 돌비는 깨어지고 많은 은금보화는 땅에 묻히고 가마

귀도 긴 족보를 이루었는데

이리하야 또 한 아득한 새 넷날이 비롯하는 때

이제는 참으로 이기지 못할 슬픔과 시름에 쫓겨

멧돌 : 멧돼지.

207 아무르 강 남쪽에 거주하는 퉁구스 족의 한 분파.

208 어떤 지방에서 그 남쪽의 지방을 이르는 말.

209 해가 처음 솟을 때의 빛 또는 사방으로 뻗친 햇살(햇발).

나는 나의 녯 한울로 땅으로— 나의 태반胎盤으로 돌아왔으나

이미 해는 늙고 달은 파리하고 바람은 미치고 보래구름[210]만
혼자 넋없이 떠도는데

아, 나의 조상은 형제는 일가친척은 정다운 이웃은 그리운 것
은 사랑하는 것은 우러르는 것은 나의 자랑은 나의 힘은 없다
바람과 물과 세월과 같이 지나가고 없다

---

210 미치고 : 몹시 불고.
　　보래구름 : 보랏빛 구름.

허준許俊[211]

그 맑고 거룩한 눈물의 나라에서 온 사람이여
그 따사하고 살틀한 볕살의 나라에서 온 사람이여

눈물의 또 볕살의 나라에서 당신은
이 세상에 나들이를 온 것이다
쓸쓸한 나들이를 단기려 온 것이다

눈물의 또 볕살의 나라 사람이여
당신이 그 긴 허리를 굽히고 뒤짐을 지고 지치운 다리로
싸움과 흥정으로 와자지껄하는 거리를 지날 때든가
추운 겨울밤 병들어 누운 가난한 동무의 머리맡에 앉어
말없이 무릎 우 어린 고양이의 등만 쓰다듬는 때든가
당신의 그 고요한 가슴 안에 온순한 눈가에
당신네 나라의 맑은 한울이 떠오를 것이고
당신의 그 푸른 이마에 삐여진 어깻죽지에
당신네 나라의 따사한 바람결이 스치고 갈 것이다

---

211 소설가로, 백석의 절친한 친구이다. 1936년 2월 《조광朝光》에 「탁류濁流」를 발표하면서 활발히 활동하였다. 1910년 평안북도 용천에서 태어났으며 정부 수립 이후 북에 남는 길을 택했다.

높은 산도 높은 꼭다기에 있는 듯한

아니면 깊은 물도 깊은 밑바닥에 있는 듯한 당신네 나라의

하늘은 얼마나 맑고 높을 것인가

바람은 얼마나 따사하고 향기로울 것인가

그리고 이 하늘 아래 바람결 속에 퍼진

그 풍속은 인정은 그리고 그 말은 얼마나 좋고 아름다울 것

인가

다만 한 사람 목이 긴 시인詩人은 안다

「도스토이엡흐스키」며 「죠이쓰」며 누구보다도 잘 알고 일등

가는 소설도 쓰지만

아모것도 모르는 듯이 어드근한 방안에 굴어 게으르는 것을

좋아하는 그 풍속을

사랑하는 어린것에게 엿 한가락을 아끼고 위하는 안해에겐

해진 옷을 입히면서도

마음이 가난한 낯설은 사람에게 수백냥 돈을 거저 주는 그 인

정을 그리고 또 그 말을

사람은 모든 것을 다 잃어버리고 넋 하나를 얻는다는 크나큰

그 말을

그 멀은 눈물의 또 볕살의 나라에서
이 세상에 나들이를 온 사람이여
이 목이 긴 시인詩人이 또 게사니처럼 떠곤다고[212]
당신은 쓸쓸히 웃으며 바독판을 당기는구려

212 떠든다고. 평안북도 방언.

『호박꽃 초롱』 서시序詩[213]

한울은

울파주가에 우는 병아리를 사랑한다

우물돌 아래 우는 돌우래[214]를 사랑한다

그리고 또

버드나무 밑 당나귀 소리를 임내내는 시인詩人을 사랑한다

한울은

풀 그늘 밑에 삿갓 쓰고 사는 버슷을 사랑한다

모래 속에 문 잠그고 사는 조개를 사랑한다

그리고 또

두틈한 초가지붕 밑에 호박꽃 초롱 혀고[215] 사는 시인詩人을

사랑한다

한울은

공중에 떠도는 흰구름을 사랑한다

골짜구니로 숨어 흐르는 개울물을 사랑한다

---

213 강소천姜小泉의 동시집 『호박꽃 초롱』에 수록된 백석의 축시이다.

214 도루래. 땅강아지.

215 '켜고'의 평안북도 방언.

그리고 또

아늑하고 고요한 시골 거리에서 쟁글쟁글 햇볕만 바래는 시
인詩人을 사랑한다

한울은

이러한 시인詩人이 우리들 속에 있는 것을 더욱 사랑하는데

이러한 시인詩人이 누구인 것을 세상은 몰라도 좋으나

그러나

그 이름이 강소천姜小泉인 것을 송아지와 꿀벌은 알 것이다

귀농歸農

백구둔白狗屯[216]의 눈 녹이는 밭 가운데 땅 풀리는 밭 가운데
촌부와 노왕老王하고 같이 서서
밭최뚝[218]에 즘부러진 땅버들의 버들개지 피여나는 데서
볕은 장글장글 따사롭고 바람은 솔솔 보드라운데
나는 땅님자 노왕老王한테 석상디기[219] 밭을 얻는다

노왕老王은 집에 말과 나귀며 오리에 닭도 우울거리고[220]
고방엔 그득히 감자에 콩곡석도 들여 쌓이고
노왕老王은 채매[221]도 힘이 들고 하루종일 백령조百鈴鳥[222] 소리
나 들으려고
밭을 오늘 나한테 주는 것이고
나는 이젠 귀치않은 측량測量도 문서文書도 싫증이 나고
낮에는 마음놓고 낮잠도 한잠 자고 싶어서

---

216 만주국에 있던 마을 이름. 지금의 중국 길림성 장춘시 내.
217 라오왕. 왕씨. '노老'는 중국에서 친밀한 사이인 연장자 앞에 붙여 사용하는 말이다.
218 '밭둑'의 평안도 방언.
219 석 섬지기. 석 섬 정도의 곡식을 심을 만한 논밭의 넓이.
220 우글거리고.
221 채마菜麻. 채마밭. 먹을거리로 심어서 가꾸는 식물.
222 몽고종다리. 종다릿과의 새.

아전 노릇을 그만두고 밭을 노왕老王한테 얻는 것이다

날은 챙챙 좋기도 좋은데
눈도 녹으며 슬렁거리고 버들도 잎트며 수선거리고
저 한쪽 마을에는 마돝[223]에 닭 개 즘생도 들떠들고
또 아이 어른 행길에 뜨락에 사람도 웅성웅성 흥성거려
나는 가슴이 이 무슨 흥에 벅차오며
이 봄에는 이 밭에 감자 강냉이 수박에 오이며 당콩에 마늘과
파도 심그리라 생각한다

수박이 열면 수박을 먹으며 팔며
감자가 앉으면 감자를 먹으며 팔며
까막까치나 두더쥐 돝벌기[224]가 와서 먹으면 먹는 대로 두어
두고
도적이 조금 걷어가도 걷어가는 대로 두어두고
아, 노왕老王, 나는 이렇게 생각하노라

---

223 말과 돼지.

224 잎벌레. 돼지벌레.

나는 노왕老王을 보고 웃어 말한다

이리하여 노왕老王은 밭을 주어 마음이 한가하고

나는 밭을 얻어 마음이 편안하고

디퍽디퍽[225] 눈을 밟으며 터벅터벅 흙도 덮으며

사물사물 햇볕은 목덜미에 간지로워서

노왕老王은 팔짱을 끼고 이랑을 걸어

나는 뒤짐을 지고 고랑을 걸어

밭을 나와 밭뚝을 돌아 도랑을 건너 행길을 돌아

지붕에 바람벽에 울바주에 볕살 쇠리쇠리한 마을을 가르치며

노왕老王은 나귀를 타고 앞에 가고

나는 노새를 타고 뒤에 따르고

마을 끝 충왕묘蟲王廟[226]에 충왕蟲王을 찾어뵈려 가는 길이다

토신묘土神廟[227]에 토신土神도 찾아뵈려 가는 길이다

---

225 지벅지벅. 서툴게 휘청거리며 걷는 모양.

226 벌레의 왕을 모시는 사당으로, 중국의 농민들은 농사에 막심한 피해를 주는 해충으로부터의 피해를 줄이려는 정성으로 충왕묘에 제사하였다.

227 흙을 맡아 다스리는 토신을 모신 사당.

국수

눈이 많이 와서

산엣새[228]가 벌로 나려 멕이고[229]

눈구덩이에 토끼가 더러 빠지기도 하면

마을에는 그 무슨 반가운 것이 오는가보다

한가한 애동들은 어둡도록 꿩사냥을 하고

가난한 엄매는 밤중에 김치가재미[230]로 가고

마을을 구수한 즐거움에 싸서 은근하니 홍성홍성 들뜨게 하며

이것은 오는 것이다

이것은 어늬 양지귀 혹은 능달쪽 외따른 산녚 은댕이 예데가
리밭[231]에서

하로밤 뽀오햔 흰김 속에 접시귀 소기름불이 뿌우현 부엌에

산멍에[232] 같은 분틀을 타고 오는 것이다

이것은 아득한 녯날 한가하고 즐겁든 세월로부터

---

228 산에 있는 새.

229 계속해 움직이고.

230 겨울에 김치를 땅속에 묻고 얼지 않도록 볏짚이나 수수깡 등으로 덮어 놓은 움막 또
　　는 창고를 뜻하는 북한어이다.

231 은댕이 : 언저리.
　　예데가리밭 : 산비탈에 있는 오래 묵은 밭.

232 산몽애. '산무애뱀'의 옛말.

실 같은 봄비 속을 타는 듯한 녀름볕 속을 지나서 들쿠레한[233]
구시월 갈바람 속을 지나서

대대로 나며 죽으며 죽으며 나며 하는 이 마을 사람들의 으젓
한 마음을 지나서 텁텁한 꿈을 지나서

지붕에 마당에 우물든덩[234]에 함박눈이 푹푹 쌓이는 여늬 하
로밤

아배 앞에 그 어린 아들 앞에 아배 앞에는 왕사발에 아들 앞에
는 새끼사발에 그득히 사리워 오는 것이다

이것은 그 곰의 산등에 업혀서 길여났다는 먼 넷적 큰마니가

또 그 짚등색이에 서서 자채기[235]를 하면 산 넘엣 마을까지 들
렸다는

먼 넷적 큰 아바지[236]가 오는 것같이 오는 것이다

아, 이 반가운 것은 무엇인가

----

233 들크레한. 맛깔스럽지 않게 조금 단.

234 우물 둘레의 작은 언덕 모양으로 볼록하게 된 곳. '든덩'은 '둔덕'의 함경남도, 황해도
방언.

235 짚등색이 : 짚등석. 짚이나 칡덩굴로 짜서 만든 자리.
자채기 : '재채기'의 함경남도 방언.

236 '할아버지'의 평안북도 방언.

이 히수무레하고 부드럽고 수수하고 슴슴한 것은 무엇인가

겨울밤 쩡하니 닉은 동티미국을 좋아하고 얼얼한 댕추가루[237]

를 좋아하고 싱싱한 산꿩의 고기를 좋아하고

그리고 담배 내음새 탄수[238] 내음새 또 수육을 삶는 육수국 내

음새 자욱한 더북한 샷방 쩔쩔 끓는 아르궅[239]을 좋아하는 이

것은 무엇인가

이 조용한 마을과 이 마을의 으젓한 사람들과 살틀하니 친한

것은 무엇인가

이 그지없이 고담枯淡하고 소박素朴한 것은 무엇인가

---

237 당초가루. 고춧가루. '댕추'는 '고추'의 평안도 방언.

238 식초.

239 '아랫목'의 평안도 방언.

흰 바람벽이 있어

오늘 저녁 이 좁다란 방의 흰 바람벽에

어쩐지 쓸쓸한 것만이 오고 간다

이 흰 바람벽에

희미한 십오촉十伍燭 전등이 지치운 불빛을 내어던지고

때글은 다 낡은 무명샤쯔가 어두운 그림자를 쉬이고

그리고 또 달디단 따끈한 감주나 한잔 먹고 싶다고 생각하는

내 가지가지 외로운 생각이 헤매인다

그런데 이것은 또 어인 일인가

이 흰 바람벽에

내 가난한 늙은 어머니가 있다

내 가난한 늙은 어머니가

이렇게 시퍼러둥둥하니 추운 날인데 차디찬 물에 손은 담그

고 무이며 배추를 씻고 있다

또 내 사랑하는 사람이 있다

내 사랑하는 어여쁜 사람이

어늬 먼 앞대 조용한 개포가의 나즈막한 집에서

그의 지아비와 마조 앉어 대구국을 끓여놓고 저녁을 먹는다

벌써 어린것도 생겨서 옆에 끼고 저녁을 먹는다

그런데 또 이즈막하야²⁴⁰ 어늬 사이엔가

이 흰 바람벽엔

내 쓸쓸한 얼골을 처다보며

이러한 글자들이 지나간다

— 나는 이 세상에서 가난하고 외롭고 높고 쓸쓸하니 살어가

도록 태어났다

그리고 이 세상을 살어가는데

내 가슴은 너무도 많이 뜨거운 것으로 호젓한 것으로 사랑으

로 슬픔으로 가득찬다

그리고 이번에는 나를 위로하는 듯이 나를 울력²⁴¹하는 듯이

눈질을 하며 주먹질을 하며 이런 글자들이 지나간다

— 하눌이 이 세상을 내일 적에 그가 가장 귀해하고 사랑하는

것들은 모두

가난하고 외롭고 높고 쓸쓸하니 그리고 언제나 넘치는 사랑

과 슬픔 속에 살도록 만드신 것이다

초생달과 바구지꽃과 짝새와 당나귀가 그러하듯이

---

240 이즈음에 이르러.

241 여럿이 몰아붙이는 듯이라는 의미로 사용하였다. 본뜻은 여러 사람이 힘을 합하여
일함 또는 그런 힘이다.

그리고 또 「프랑시쓰 쨈」과 도연명陶淵明과 「라이넬 마리아 릴

케」가 그러하듯이

촌에서 온 아이

촌에서 온 아이여

촌에서 어젯밤에 승합자동차乘合自動車를 타고 온 아이여

이렇게 추운데 웃동에 무슨 두룽이²⁴² 같은 것을 하나 걸치고

아랫두리는 쪽 발가벗은 아이여

뽈다구에는 징기징기 앙광이²⁴³를 그리고 머리칼이 놀한 아이여

힘을 쓸라고 벌써부터 두 다리가 푸둥푸둥하니 살이 찐 아이여

너는 오늘 아츰 무엇에 놀라서 우는구나

분명코 무슨 거즛되고 쓸데없는 것에 놀라서

그것에 네 맑고 참된 마음에 분해서 우는구나

이 집에 있는 다른 많은 아이들이

모도들 욕심 사납게 지게굳게²⁴⁴ 일부러 청을 돋혀서

어린아이들 치고는 너무나 큰소리로 너무나 뤼겁²⁴⁵ 많은 소
리로 울어대는데

너만은 타고난 그 외마디소리로 스스로웁게 삼가면서 우는

---

242 웃동 : '윗도리'의 평안북도 방언.
　　두룽이 : 도룽이. 짚이나 띠 같은 풀로 엮어 걸쳐 두르는 비옷.

243 얼굴에 검정 따위가 함부로 묻어 있는 것.

244 타일러도 듣지 않고 고집스럽게.

245 '겁怯'을 강조해 쓴 말. 취겁脆怯이란 단어에서 온 듯하다.

구나

네 소리는 조금 썩심하니[246] 쉬인 듯도 하다

네 소리에 내 마음은 반끗히 밝어오고 또 호끈히[247] 더워오고
그리고 즐거워온다

나는 너를 껴안어 올려서 네 머리를 쓰다듬고 힘껏 네 적은 손
을 쥐고 흔들고 싶다

네 소리에 나는 촌 농삿집의 저녁을 짓는 때

나주볕[248]이 가득 드리운 밝은 방안에 혼자 앉어서

실감기며 버선짝을 가지고 쓰렁쓰렁[249] 노는 아이를 생각한다

또 녀름날 낮 기운 때 어른들이 모두 벌에 나가고 텅 뷔인 집
토방에서

햇강아지의 쌀랑대는 성화를 받어가며 닭의 똥을 주어먹는
아이를 생각한다

촌에서 와서 오늘 아츰 무엇이 분해서 우는 아이여

---

246 목소리가 쉰 듯하니.

247 반끗히 : '방끗이'를 변형하여 사용하였다.
　　호끈히 : 뜨거운 기운을 받아 갑자기 달아오르는 모양. '후끈'보다 어감이 작다.

248 저녁볕.

249 건성으로 하는 모양 또는 남이 모르게 비밀리에 행동하는 모양.

너는 분명히 하눌이 사랑하는 시인詩人이나 농사꾼이 될 것이
로다

조당澡塘[250]에서

나는 지나支那[251]나라 사람들과 같이 목욕을 한다

무슨 은殷이며 상商이며 월越이며 하는 나라 사람들의 후손들
과 같이

한물통 안에 들어 목욕을 한다

서로 나라가 다른 사람인데

다들 쪽 발가벗고 같이 물에 몸을 녹히고 있는 것은

대대로 조상도 서로 모르고 말도 제각금 틀리고 먹고 입는 것
도 모도 다른데

이렇게 발가들 벗고 한물에 몸을 씻는 것은

생각하면 쓸쓸한 일이다

이 딴 나라 사람들이 모두 이마들이 번번하니 넓고 눈을 컴컴
하니 흐리고

그리고 길즛한 다리에 모두 민숭민숭하니 다리털이 없는 것이

이것이 나는 왜 자꾸 슬퍼지는 것일까

그런데 저기 나무판장에 반쯤 나가 누어서

나주볕을 한없이 바라보며 혼자 무엇을 즐기는 듯한 목이 긴

---

250 '대중목욕탕'의 중국말.

251 '중국'의 다른 이름.

사람은

도연명陶淵明은 저러한 사람이었을 것이고

또 여기 더운물에 뛰어들며

무슨 물새처럼 악악 소리를 지르는 삐삐 파리한 사람은

양자楊子라는 사람은 아모래도 이와 같았을 것만 같다

나는 시방 녯날 진晉이라는 나라나 위衛라는 나라에 와서

내가 좋아하는 사람들을 만나는 것만 같다

이리하야 어쩐지 내 마음은 갑자기 반가워지나

그러나 나는 조금 무서웁고 외로워진다

그런데 참으로 그 은殷이며 상商이며 월越이며 위衛며 진晉이

며 하는 나라 사람들의 후손들은

얼마나 마음이 한가하고 게으른가

더운물에 몸을 불키거나 때를 밀거나 하는 것도 잊어버리고

제 배꼽을 들여다보거나 남의 낯을 쳐다보거나 하는 것인데

이러면서 그 무슨 제비의 춤이라는 연소탕燕巢湯이 맛도 있는

것과

또 어늬바루²⁵² 새악씨가 곱기도 한 것 같은 것을 생각하는 것

---

252 어디쯤.

일 것인데

나는 이렇게 한가하고 게으르고 그러면서 목숨이라든가 인생

人生이라든가 하는 것을 정말 사랑할 줄 아는

그 오래고 깊은 마음들이 참으로 좋고 우러러진다

그러나 나라가 서로 다른 사람들이

글쎄 어린 아이들도 아닌데 쭉 발가벗고 있는 것은

어쩐지 조금 우수웁기도 하다

두보杜甫 나 이백李白 같이

오늘은 정월正月 보름이다

대보름 명절인데

나는 멀리 고향을 나서 남의 나라 쓸쓸한 객고[253]에 있는 신세

로다

넷날 두보杜甫나 이백李白 같은 이 나라의 시인詩人도

먼 타관에 나서 이 날을 맞은 일이 있었을 것이다

오늘 고향의 내 집에 있는다면

새 옷을 입고 새 신도 신고 떡과 고기도 억병[254] 먹고

일가친척들과 서로 모여 즐거이 웃음으로 지날 것이연만

나는 오늘 때문은 입든 옷에 마른물고기 한토막으로

혼자 외로이 앉어 이것저것 쓸쓸한 생각을 하는 것이다

넷날 그 두보杜甫나 이백李白 같은 이 나라의 시인詩人도

이날 이렇게 마른물고기 한토막으로 외로이 쓸쓸한 생각을

한 적도 있었을 것이다

나는 이제 어늬 먼 외진 거리에 한고향 사람의 조고마한 가업

집이 있는 것을 생각하고

---

253 객지에서 고생을 겪음.

254 한량없이 많은 술 또는 매우 많은 술을 마신 상태나 그만한 주량.

이 집에 가서 그 맛스러운 떡국이라도 한 그릇 사먹으리라 한다

우리네 조상들이 먼먼 넷날로부터 대대로 이날엔 으레히 그러하며 오듯이

먼 타관에 난 그 두보杜甫나 이백李白 같은 이 나라의 시인詩人도

이날은 그 어늬 한고향 사람의 주막이나 반관飯館[255]을 찾아가서

그 조상들이 대대로 하든 본대로 원소元宵[256]라는 떡을 입에 대며

스스로 마음을 느꾸어[257] 위안하지 않었을 것인가

그러면서 이 마음이 맑은 넷 시인詩人들은

먼 훗날 그들의 먼 훗자손들도

그들의 본을 따서 이날에는 원소元宵를 먹을 것을

외로이 타관에 나서도 이 원소元宵를 먹을 것을 생각하며

그들이 아득하니 슬펐을 듯이

나도 떡국을 놓고 아득하니 슬플 것이로다

아, 이 정월正月 대보름 명절인데

---

255 '요릿집' '식당'을 뜻하는 중국말.

256 중국에서 정월 대보름에 먹는 새알심 모양의 떡.

257 느긋하게 하여. 긴장이나 흥분을 풀어.

거리에는 오독독이[258] 탕탕 터지고 호궁胡弓[259] 소리 뻴뻴 높아서
내 쓸쓸한 마음엔 자꾸 이 나라의 넷 시인詩人들이 그들의 쓸
쓸한 마음들이 생각난다
내 쓸쓸한 마음은 아마 두보杜甫나 이백李白 같은 사람들의 마
음인지도 모를 것이다
아모려나 이것은 넷투의 쓸쓸한 마음이다

---

258 오독도기. 불꽃놀이에 쓰는 딱총의 하나.
259 중국 현악기의 하나로 바이올린과 비슷하며 네 개의 현으로 이루어져 있다.

당나귀

날은 밝고 바람은 따사한 어느 아츰날 마을에는 집집이 개들 짖고 행길에는 한물컨이 아이들이 달리고 이리하야 조용하든 마을은 갑자기 흥성거리었다.

이 아츰 마을 어구의 다 낡은 대장간에 그 마당귀 까치 짖는 마른 들메나무 아래 어떤 길손이 하나 있었다. 길손은 긴 귀와 꺼먼 눈과 짧은 네 다리를 하고 있어서 조릅하니 신을 신기우고 있었다.

조용하니 그 발에 모양이 자못 손바닥과 같은 검푸른 쇠자박을 대의고 있었다.

그는 어늬 고장으로부터 오는 마음이 하도 조용한 손이든가, 싸리단을 나려놓고 갈기에 즉닙새를 날리는 그는 어늬 산골로부터 오는 손이든가. 그는 어늬 먼 산골 가난하나 평안한 집 훤하니 먼동이 터오는 으스스하니 추운 외양간에서 조짚에 푸른콩을 삶어먹고 오는 길이든가 그는 안개 어린 멀고 가까운 산과 내에 동네방네 뻑국이 소리 닭의 소리를 느껴웁게 들으며 오는 길이든가.

마른 나무에 사지를 동여 매이고 그 발바닥에 아픈 못을 들여 백끼우면서도 천연하야 움직이지 않고 아이들이 돌을 던지고 어른들이 비웃음과 욕사설을 퍼부어도 점잔하야 어지러히 하지 않고 모든 것을 다 가엾이 여기며 모든 것을 다 받아들이며 모든 것을 다 허물하거나 탓하지 않으며 다만 홀로 널따란 비인 벌판에 있듯이 쓸쓸하나 그러나 그 마음이 무엇에 넉넉하니 차 있는 이 손은 이 아츰 싸리단을 팔어 양식을 사려고 면장으로 가는 것이었다.

날은 맑고 바람은 따사한 이 아츰날 길손은 또 새로히 욕된 신을 신고 다시 싸리단을 짊어지고 예대로 조용히 마을을 나서서 다리를 건너서 벌에서는 종달새도 일쿠고[260] 늪에서는 오리 떼도 날리며 홀로 제 꿈과 팔자를 즐기는 듯이 또 설어하는[261] 듯이 그는 타박타박 아즈랑이 낀 먼 행길에 작어져 갔다.

---

260 일으키고.

261 서러워하는.

3

해방 이후의 시

산山

머리 빗기가 싫다면
니[01]가 들구 나서
머리채를 끄을구 오른다는
산山이 있었다

산山 너머는
겨드랑이에 깃이 돋아서 장수가 된다는
더꺼머리 총각들이 살아서
색씨 처녀들을 잘도 업어간다고 했다
산山마루에 서면
멀리 언제나 늘 그뭘그뭘
그늘만 친 건넌산山에서
벼락을 맞아 바윗돌이 되었다는
큰 땅꽹이[02] 한 마리
수염을 뻗치고 건너다보는 것이 무서웠다

---

01 이.
02 살쾡이.

그래도 그 쉬영꽃[03] 진달래 빨가니 핀 꽃바위 너머

산山 잔등에는 가지취 뻐국채 게루기[04] 고사리 산山나물 판

산山나물 냄새 물씬물씬 나는데

나는 복장노루[05]를 따라 뛰었다

03 수영꽃. 마디풀과에 딸린 여러해살이풀.

04 뻐국채 : 국화과의 여러해살이풀.
  게루기 : '게로기'의 북한어. 모싯대.

05 복작노루. 고라니.

적막강산

오이밭에 벌배채[06] 통이 지는 때[07]는

산에 오면 산 소리

벌로 오면 벌 소리

산에 오면

큰솔밭에 뻐꾸기 소리

잔솔밭에 덜거기[08] 소리

벌로 오면

논두렁에 물닭의 소리

갈밭에 갈새 소리

산으로 오면 산이 들썩 산 소리 속에 나 홀로

벌로 오면 벌이 들썩 벌 소리 속에 나 홀로

정주定州 동림東林 구십九十여 리里 긴긴 하로길에

---

06 들의 배추. '배채'는 '배추'의 평안도, 함경도 방언.

07 배추의 속살이 알차게 찼다는 뜻이다.

08 수꿩의 평안북도 방언.

산에 오면 산 소리 벌에 오면 벌 소리

적막강산에 나는 있노라

마을은 맨천 구신이 돼서

나는 이 마을에 태어나기가 잘못이다

마을은 맨천[09] 구신이 돼서

나는 무서워 오력[10]을 펼 수 없다

자 방 안에는 성주[11]님

나는 성주님이 무서워 토방으로 나오면 토방에는 디운구신[12]

나는 무서워 부엌으로 들어가면 부엌에는 조앙[13]님

나는 뛰쳐나와 얼른 고방으로 숨어버리면 고방에는 또 시렁
에 데석님

나는 이번에는 굴통 모퉁이로 달아가는데 굴통[14]에는 굴대장
군[15]

얼혼이 나서 뒤울 안으로 가면 뒤울 안에는 곱새녕 아래 털능
구신

---

09 '사방'의 평안북도 방언.

10 오금.

11 가정에서 모시는 신의 하나.

12 지운地運 귀신. 땅의 운수를 맡아 본다는 귀신.

13 조왕王. 부엌에 있으며 모든 길흉을 판단하는 신.

14 '굴뚝'의 북한어.

15 굴때장군. 키가 크고 몸이 굵으며 살갗이 검은 사람을 놀림조로 이르는 말.

나는 이제는 할 수 없이 대문을 열고 나가려는데 대문간에는
근력 세인 수문장

나는 겨우 대문을 삐쳐나 바깥으로 나와서
밭 마당귀 연자간 앞을 지나가는데 연자간에는 또 연자망[16]구신
나는 고만 디겁을 하여 큰 행길로 나서서 마음 놓고 화리서리
걸어가다 보니
아아 말 마라 내 발뒤축에는 오나가나 묻어다니는 달걀구신
마을은 온데간데 구신이 돼서 나는 아무데도 갈 수 없다

---

16 '연자매'의 북한어.

칠월七月 백중

마을에서는 세불 김을 다 매고 들에서

개장취념[17]을 서너 번 하고 나면

백중 좋은 날이 슬그머니 오는데

백중날에는 새악씨들이

생모시치마 천진퀴[18]치마의 물팩치기[19] 껑추렁한 치마에

쇠주퀴[20]적삼 항나[21]적삼의 자지[22]고름이 기드렁한 적삼에

한끝나게 상나들이옷을 있는 대로 다 내입고

머리는 다리[23]를 서너 켜레씩 들어서

시뻘건 꼬둘채댕기를 삐뚜룩하니 해 꽂고

네날백이 따백이신[24]을 맨발에 바꿔 신고

고개를 몇이라도 넘어서 약물터로 가는데

무썩무썩 더운 날에도 벌 길에는

---

17 각각 얼마씩의 돈을 추렴하여 개장국을 먹었다는 뜻.

18 천진(톈진)에서 생산된 베.

19 무르팍까지 오는.

20 소주(쑤저우)에서 생산된 베.

21 항라亢羅. 명주, 모시, 무명실 따위로 짠 피륙.

22 자주색.

23 예전에 여자들의 머리숱이 많아 보이도록 덧넣었던 딴머리.

24 네날백이 : 세로줄을 네 가닥 날로 짠.
　따백이신 : 곱게 삼은 짚신.

건들건들 씨언한 바람이 불어오고

허리에 찬 남갑사[25] 주머니에는 오랫만에 돈푼이 들어 즈벅이고

광지보[26]에서 나온 은장두에 바눌집에 원앙에 바둑에

번들번들하는 노리개는 스르럭스르럭 소리가 나고

고개를 몇이라도 넘어서 약물터로 오면

약물터엔 사람들이 백재일치듯[27] 하였는데

봉가집[28]에서 온 사람들도 만나 반가워하고

깨죽이며 문주[29]며 섶가락[30] 앞에 송구떡을 사서 권하거니 먹

거니 하고

그러다는 백중 물을 내는 소내기를 함뿍 맞고

호주를하니[31] 젖어서 달아나는데

이번에는 꿈에도 못 잊는 봉갓집에 가는 것이다

---

25 남색의 고급 비단. '갑사甲紗'는 품질 좋은 얇고 성긴 비단으로 여름 옷감으로 많이 쓰인다.

26 광주리를 싼 보자기.

27 '백재일'은 '백차일白遮日'로 햇볕을 가리려고 치는 하얀 빛깔의 포장을 말한다. 시에서의 '백재일치듯'은 '백차일을 치듯이 흰옷 입은 사람들이 많이 모여 있다'는 뜻이다.

28 봉갓집. 본가집. 친정집.

29 빈대떡. 부침개.

30 나무젓가락.

31 호졸근하니.

봉가집을 가면서도 칠월七月 그믐 초가을을 할 때까지

평안하니 집살이를 할 것을 생각하고

애끼는 옷을 다 적시어도 비는 씨원만 하다고 생각한다

남신의주 유동 박시봉방 南新義州 柳洞 朴時逢方[32]

어느 사이에 나는 아내도 없고, 또,

아내와 같이 살던 집도 없어지고,

그리고 살뜰한 부모며 동생들과도 멀리 떨어져서,

그 어느 바람 세인 쓸쓸한 거리 끝에 헤매이었다.

바로 날도 저물어서,

바람은 더욱 세게 불고, 추위는 점점 더해 오는데,

나는 어느 목수木手네 집 헌 삿[33]을 깐,

한 방에 들어서 쉬을 붙이었다[34].

이리하여 나는 이 습내 나는 춥고, 누긋한 방에서,

낮이나 밤이나 나는 나 혼자도 너무 많은 것같이 생각하며,

딜옹배기에 북덕불[35]이라도 담겨 오면,

이것을 안고 손을 쬐며 재 우에 뜻 없이 글자를 쓰기도 하며,

또 문밖에 나가디두 않구 자리에 누어서,

---

32 '남신의주南新義州 유동柳洞'은 지명을, '박시봉방朴時逢方'은 '박시봉의 집에서'라는 뜻이다. '박시봉'은 시 속의 화자가 세 들어 사는 집의 주인 이름이고, '방方'은 편지에서 주로 세대주 이름 아래 붙여 그 집에 거처하고 있음을 가리키는 한자어이다.

33 '삿자리'의 옛말. 갈대를 엮어서 만든 자리.

34 주인집에 세 들어 사는 생활을 했다는 뜻.

35 딜옹배기 : 둥글넓적하고 아가리가 벌어진 작은 질그릇. '딜'은 '질'을, '옹배기'는 옹자배기를 말한다.
북덕불 : 짚이나 풀 따위가 뒤섞여 엉클어진 북데기를 태운 불.

머리에 손깍지벼개를 하고 굴기도 하면서,

나는 내 슬픔이며 어리석음이며를 소처럼 연하여 쌔김질하는
것이었다.

내 가슴이 꽉 메어올 적이며,

내 눈에 뜨거운 것이 핑 괴일 적이며,

또 내 스스로 화끈 낯이 붉도록 부끄러울 적이며,

나는 내 슬픔과 어리석음에 눌리어 죽을 수밖에 없는 것을 느
끼는 것이었다.

그러나 잠시 뒤에 나는 고개를 들어,

허연 문창을 바라보든가 또 눈을 떠서 높은 턴정[36]을 쳐다보
는 것인데,

이때 나는 내 뜻이며 힘으로, 나를 이끌어 가는 것이 힘든 일
인 것을 생각하고,

이것들보다 더 크고, 높은 것이 있어서, 나를 마음대로 굴려
가는 것을 생각하는 것인데,

이렇게 하여 여러 날이 지나는 동안에,

내 어지러운 마음에는 슬픔이며, 한탄이며, 가라앉을 것은 차

---

36 천정. 천장.

츰 앙금이 되어 가라앉고,

외로운 생각만이 드는 때쯤 해서는,

더러 나줏손[37]에 쌀랑쌀랑 싸락눈이 와서 문창을 치기도 하는

때도 있는데,

나는 이런 저녁에는 화로를 더욱 다가 끼며, 무릎을 꿇어 보며,

아니 먼 산 뒷옆에 바우 섶[38]에 따로 외로이 서서,

어두어 오는데 하이야니 눈을 맞을, 그 마른 잎새에는,

쌀랑쌀랑 소리도 나며 눈을 맞을,

그 드물다는 굳고 정한 갈매나무라는 나무를 생각하는 것이

었다.

---

37 '저녁때'를 뜻하는 평안북도 정주 지방의 방언.

38 옆.

감자

흰 감자는 내 것이고
자짓빛 감자는 네 것이니
흰 감자는 내가 먹고
자짓빛 감자는 네가 먹으라

계월향 사당[39]

나라의 흥망 걸어

품은 비수 어디간대

눈 덮여 비인 집에

바람만 오가는다.

왜적 10만 장졸

간담을 서늘케 한

옛 녀인 끼친 혼을

길'손은 안다 만다.

---

39 3부 「해방 이후의 시」 가운데 〈계월향 사당〉부터는 남북 분단 이후의 작품이다. '계월향'은 조선시대의 기생으로, 임진왜란 당시 평양이 왜에게 함락되자 적장을 유인하여 김응서로 하여금 목을 베게 하였다. 그녀는 이후 자결한다(?~1592).

등고지

정거장에서 60리

60리 벌'길은 멀기도 했다

가을 바다는 파랗기도 하다!

이 파란 바다에서 올라 온다−

민어, 농어, 병어, 덕재, 시왜, 칼치… 가

이 길 외진 개포에서 나는 늙은 사공 하나를 만났다.

이제는 지나간 세월

앞바다에 기여든 원쑤를 치러

어든[40] 밤 거친 바다로

배를 저어 갔다는 늙은 전사를.!

멀리 붉은 노을 속에

두부모처럼 떠 있는

그 신도[41]라는 섬으로 가고 싶었다.

---

40 어느.

41 평안북도 용천군 신도면에 속하는 섬. 압록강 하구로부터 약 12km 떨어진 지점에 위
　치하며, 장자도獐子島라고도 한다.

제3인공위성

나는 제3인공위성
나는 우주 정복의 제3승리자
나는 쏘베트 나라에서 나서
우주를 나르는 것

쏘베트 나라에 나서
우주를 나르는 것
해방과 자유의 사상
공존과 평화의 이념
위대한 꿈 아닌 꿈들…
나는 그 꿈들에게서도 가장 큰 꿈

나는 공산주의의 천재
이 땅을 경이로 휩싸고
이 땅을 희망으로 흐뭇케 하고
이 땅을 신념으로 가득 채우고
이 땅을 영광으로 빛내이며
이 땅의 모든 설계를 비약시키는 나
나는 공산주의의 자랑이며 시위

공산주의 힘의, 지혜의
공산주의 용기의, 의지의

모든 착하고 참된 정신들에는
한없이 미쁜 의지, 힘찬 고무로
모든 사납고 거만한 정신들에는
위 없이 무서운 타격, 준엄한 경고로
내 우주를 나르는 뜻은
여기 큰 평화의 성좌 만들고저!

지칠 줄 모르는 공산주의여,
대기층을 벗어나, 이온층을 넘어
뭇 성좌를 지나, 운석군을 뚫고
우주의 아득한 신비 속으로
태양계의 오묘한 경륜 속으로
크게 외치어 바람 일구어
날아 오르고 오르는 것이여,
나는 공산주의의 사절
나는 제3인공위성

이른 봄

골안에 이른 봄을 알린다 하지 말라
푸른 하늘에 비낀 실구름이여,
눈 녹이는 큰길가 버들강아지여,
돌배나무 가지에 자지러진 양진이[42] 소리여.

골안엔 이미 이른 봄이 들었더라
산'기슭 부식토 끄는 곡괭이 날에,
개울섶 참버들 찌는 낫자루에,
양지쪽 밭에서 첫운전하는 뜨락또르[43] 소리에.

골안엔 그보다도 앞서 이른 봄이 들었더라
감자 정당 40톤, 아마 정당 3톤—
관리위원회에 나붙은 생산 계획 수'자 우에
작물별 경지 분당 작업반장회의의
밤새도록 밝은 전등 불'빛에.

---

42 양지니. 되샛과의 새.
43 '트랙터'의 북한어.

아, 그보다도 앞서 지난해 가을

알곡을 분배받던 기쁨 속에, 감사 속에,

그때 그 가슴 치밀던 증산의 결의 속에도.

붉은 마음들 붉게 핀 이 골안에선

이른 봄의 드는 때를 가르기 어려웁더라.

이 골안 사람들의 그 붉은 마음들은

언제나 이른 봄의 결의로, 긴장으로 일터에 나서나니.

공무려인숙

삼수 삼십 리, 혜산[44] 칠십 리
신파 후창[45]이 삼백열 리,
북두가 산머리에 내려앉는 곳
여기 행길 가에 나앉은 공무려인숙.

오고가던 길'손들 날이 저물면
찾아들어 하룻밤을 묵어가누나―
면양 칠백 마리 큰 계획 안고
군당을 찾아갔던 어느 협동조합 당위원장.
근로자학교의 조직과 지도를 맡아
평양대학에서 온다는 한 대학생,
마을 마을의 수력 발전, 화력 발전
발전 시설을 조사하는 군 인민위원회 일'군.
붉은 편지 받들고 로동 속으로 들어가려
산과 땅 먼 림산사업소로 가는 작가…

---

44 삼수三水 : 함경남도 북부에 있는 군.
  혜산惠山 : 함경남도 동북쪽의 군.
45 신파新坡 : 함경남도 삼수군에 속한 지역. 과거 신파군이었다.
  후창厚昌 : 평안북도 동북쪽의 군.

제각기 찾아가는 곳 다르고,

제각기 서두르는 일 다르나

그러나 그들이 이 집에 이르는 길,

이 집에서 떠나가는 길

그것은 오직 한 갈래'길—사회주의 건설의 길.

돈주아 고삭[46]아 이끼 덕이 치고

통나무 굴뚝이 두 아름이나 되는 이 집아,

사회주의 높은 봉우리 바라

급한 길 다우치다[47] 길 저문 사람들

하룻밤 네 품에 쉬여 가나니,

아직 채 덩실하니 짓지 못한

산'골 행길'가의 조그마한 려인숙이라

네 스스로 너를 낮추 여기지 말라,

---

46 돈주 : 동주銅柱. 구리로 만든 기둥.

　　고삭 : 가구를 만들 때, 사개를 짠 구석에 더욱 튼튼하게 덧붙이는 나무.

47 '다그치다'의 북한어.

참구름 노던[48] 투박한 자리로나마

너 또한 사회주의 건설에 힘 바치는 귀한 것이어니.

48 '삿자리'의 평안북도 방언. 갈대를 엮어서 만든 자리.

갓나물

삼수갑산 높은 산을 내려
홍원 전진[49] 동해바다에
명태를 푸러 갔다 온 처녀,
한달 열흘 일을 잘해
민청상을 받고 온 처녀,
산수갑산에 돌아와 하는 말이—

"삼수갑산 내 고향 같은 곳
어디를 가나 다시 없습데.
홍원 전진 동태 생선 좋기는 해도
삼수갑산 갓나물만 난 못합데."

그런데 이 처녀 아나 모르나.
한달 열흘 고향을 난 동안에
조합에선 세톤짜리 화물자동차도 받아
래일모레 쌀과 생선 실러 가는 줄,
래일모레 이 고장 갓나물 실어 보내는 줄,

---

49 홍원洪原 : 함경남도 중남부에 있는 군.
　　전진前津 : 함경남도 홍원군 남쪽의 항구.

삼수갑산 심심산'골에도
쌀이며 생선 왕왕 실어 보내는
크나큰 그 배려 모를 처녀 아니나,
그래도 제 고장 갓나물에서
더 좋은 것 없다는 이 처녀의 마음.
삼수갑산 갓나물같이 향기롭구나—

공동식당

아이들 명절날처럼 좋아한다.
뜨락이 들썩 술래잡기, 숨박꼭질.
퇴 우에 재깔대는 소리, 깨득거리는 소리.

어른들 잔칫날처럼 흥성거린다.
정주문, 큰방문 연송 여닫으며 들고 나고
정주에, 큰방에 웃음이 터진다.

먹고 사는 시름 없이 행복하며
그 마음들 이대도록 평안하구나.
새로운 둥지의 사랑에 취하였으매
그 마음들 이대도록 즐거웁구나.

아이들 바구니, 바구니 캐는 달래
다 같이 한부엌으로 들여오고,
아낙네들 아끼여 갓 헐은 김치
아쉬움 모르고 한식상에 올려놓는다.

왕가마들에 밥을 짓고 국은 끓어

하루 일 끝난 사람들을 기다리는데
그 냄새 참으로 구수하고 은근하고 한없이 깊구나
성실한 근로의 자랑 속에…

밭 갈던 아바이, 감자 심던 어머이
최뚝[50]에 송아지와 놀던 어린것들,
그리고 탁아소에서 돌아온 갓난것들도
둘레둘레 둘려놓인 공동 식탁 우에,
한없이 아름다운 공산주의의 노을이 비낀다.

---

50 밭최뚝. 풀이 나 있는 밭 언저리의 둑을 뜻하는 북한어.

축복

이 먼 타관에 온 낯설은 손을
이른 새벽부터 집으로 청하는 이웃 있도다.

어린것의 첫생일이니
어린 것 위해 축복 베풀려는 이웃 있도다.

이깔나무 대들보 굵기도 한 집엔
정주에, 큰방에, 아이 어른―이웃들이 그득히들 모였는데,
주인은 감자 국수 눌러, 토장국[51]에 말고
콩나물 갓김치를 얹어 대접을 한다.

내 들으니 이 집 주인은 고아로 자라난 사람,
이 집 안주인 또한 고아로 자라난 사람.
오직 당과 조국의 품안에서
당과 조국을 어버이로 하고 자라난 사람들.

그들의 목숨도 사랑도 그리고 생활도

---

51 된장국.

당과 조국에서 받은 것이어라.
그리고 그들의 귀한 한 점 혈육도
당과 조국에서 받은 것이어라.

이 아침, 감자 국수를 누르고, 콩나물 메워[52]
이웃 사람들을 대접하는 이 집 주인들의 마음에,
이 아침 콩나물을 놓은 감자 국수를 마주하여
이 집 주인들의 대접을 받는 이웃 사람들의 마음에
가득히 차오르는 것은 어린아이에 대한 간절한 축복
그리고 당과 조국의 은혜에 대한 한량없는 감사.

나도 이 아침 축복 받는 어린것을 바라보며,
당과 조국의 은혜 속에 태어난 이 어린 생명이
당과 조국의 은혜 속에 길고 탈 없는
한평생을 누리기와,
그 한평생이 당과 조국을 기쁘게 하는
한평생이 되기를 비노라.

---

52 만들어. 조리해.

하늘 아래 첫 종축[53] 기지에서

어미돼지들의 큰 구유들에
벼 겨, 그리고 감자 막걸리.
새끼돼지들의 구유에
만문한[54] 삼배 절음에, 껍질 벗긴 삶은 감자,
그리고 보리 길금에 삭인 감자 감주.

이 나라 돼지들, 겨웁도록 복되구나
이 좋은 먹이들 구유에 가득히들 받아,
하늘 아래 첫 종축 기지로 오니
내 마음 참으로 흐뭇도 하구나.

눈'길이 모자라는, 아득히 넓은 사료전에
맥류며, 썰로스용 옥수수,
드높은 사료 창고엔 룡마루를 치밀며
싸리'잎, 봇나무'잎, 찔광이'잎, 가둑나무'잎…

---

53 우수한 새끼를 낳게 하기 위하여 기르는 우량 품종의 가축. 씨가축. 씨짐승.
54 만만한. 연하고 보드라운.

풀을 고기로의 당의 어진 뜻
온 밭과 고'간과 사람들의 마음에 차고 넘쳐.
하늘 아래 첫 종축 기지로 오니
내 마음 참으로 미쁘기도 하구나.

흐뭇하고 미쁜 마음 가슴에 설레인다.
이 풀밭에 먹고 노는 큰 돼지, 작은 돼지
백만이요, 천만으로 개마고원에 살찔 일 생각하매,
당의 웅대하고 현명한 또 하나 설계가
조국의 북쪽 땅을 복지로 만드는 일 생각하매.

북수백산 찬바람이 내려치는 여기에
밤으로, 낮으로, 흐뭇하고 미쁜 일 이루어가며
사람들 뜨거운 사랑으로 산다—
돼지 새끼 하나 개에게 물렸다는 말에
지배인도, 양돈공도 안타까이 서둔다.
그리고 분만 앞둔 돼지를 지켜
번식돈 관리공이 사흘 밤을 곧장 세운다.

이렇듯 쓰다듬고, 아끼며
당의 뜻 받들고 사는 사람들
하늘 아래 첫 종축 기지로 오니
마음은 참으로 뜨거워온다.

내 그저 축복 드린다.
하늘 아래 첫 종축 기지의 주인들에게
기쁨에 찬, 한량없는 축복 드린다.

돈사의 불

깊은 산골의 야영 돈사엔
밤이면 불을 켠다.
한 오 리 되염즉, 기다란 돈사.
그 두 난골 낮은 처마끝에 달아
유리를 대인 기다란 네모 나무등에
가스'불, 불을 켠다.

자정도 지난 깊은 밤을
이 불 밑으로 번식돈 관리공이 오고 간다.
2년 5산 많은 돼지를 받노라, 키우노라.
항시 기쁨에 넘쳐 서두르는
뜨거운 정성이, 굳은 결의가 오고 간다──

다산성 번식돈이 밤 사이
그 잘 줄 모르는 숨'소리 사이로,
1년 3산의 제2산 종부가 끝난 번식돈의
큰 기대 안겨주는 그 소중한, 고로운 숨'소리 사이로,
또 시간 젖에 버릇 붙여놓은 새끼돼지들의
어미의 젖꼭지를 찾아 덤비는 그 다급한 외침소리 사이로.

그러던 그 관리공의 발'길이 멎는다.
밤'중으로, 아니면 날 새자 분만할 돼지의
깃자리 보는 그 초조한 부스럭 소리 앞에.
그 발'길 이 기대에 찬 분만의 자리를 지켜 오래 머문다.

밀기울 누룩의 감자술 만들어 사료에 섞기도 하였다.
류화철 용액으로, 더운물로 몸뚱이를 씻어도 주었다.
그러나 한 번식돈 관리공의 성실한 마음 이것으로 다 못해
이제 이 깊은 밤을 순산을 기다려 가슴 조이며
분만 앞둔 돼지의 그 높고 잦은 숨'소리에 귀기울여 서누나.

밤이 더 깊어가면 골 안에 안개는 돌아
돈사 네모등의 가스불'빛도 희미해진다
그러나 돈사에는 이 불 아닌 또 하나 불이 있어
언제나 꺼질 줄도, 희미해질 줄도 없이 밝은 불.

이 불─한 해에 천 마리 돼지를 한 손으로 받아
사랑하는 나라에 바치려, 사랑하는 땅의 바라심을 이루우려,
온 마음 기울여 일하는 한 젊은 관리공의
당 앞에 드리는 맹세로 켜진, 그 붉은, 충실한 마음의 불.

눈

초저녁 이 산'골에 눈이 내린다.
조용히 조용히 눈이 내린다.
갈매나무, 돌배나무 엉클어진 숲 사이
무리돌이 주저앉은 오솔'길 우에
함박눈, 눈이 내린다.

초저녁 호젓도 한 이 외딴 길을
마을의 녀인 하나 걸어간다
모롱고지 하나 돌아 작업반장네 집
이 집에 로전결이 밤 작업에 간다.

모범 농민, 군 대의원, 그리고 어엿한 당원—
박순옥 아맹이의 우에 눈이 내린다
지아비, 원쑤를 치는 싸움에 바치고
여덟 자식 고이 길러내는 이 홀어미의 어깨에,
늙은 시아비, 늙은 시어미 정성으로 섬기여,
그 효성 눈물겨운 이 갸륵한 며느리의 잔등에
눈이 내린다, 함박눈이 내린다.

이 녀인의 마음에도 눈이 내린다

잔잔하고 고로운 그 마음에,

때로는 거센 물'결치는 그 마음에

슬프고 즐거운 지난날의 추억들 우에,

타오르는 원쑤에의 증오 우에,

또 하루 당의 뜻대로 살은 떳떳한 마음 우에,

눈이 내린다. 눈이 쌓인다.

다정한 이야기같이, 살뜰한 쓰다듬같이

눈이 내린다.

위안같이, 동정같이, 고무같이

눈이 내린다.

이 호젓한 밤'길에 눈이 내린다.

녀인의 발'자국을 그리며 지우며,

뜨거워 뜨거운 이 녀인의 가슴속

가지가지 생각의 자국을 그리며 지우며

푹푹 나리여 쌓인다, 그 어느 크나큰 은총도

홀아비를 불러 낮에도 즐겁게

홀어미를 불러 이 밤도 즐겁게

더욱 큰 행복으로 가자고, 어서 가자고
뒤에서 밀고 앞에서 당기는 당의 은총이.

밤'길 우에,
이 길을 걷는 한 녀인의 우에
눈이 내린다,
눈이 내려 쌓인다.
은총이 내린다.
은총이 내려 쌓인다.

전별

어제는 남쪽 집 처자의 시집가는 길
산 우 아마밭머리에 바래 보냈더니
오늘은 동쪽 집 처자의 시집가는 길
산 아래 감자밭둑에 바래 보내누나.

해'볕 따사롭고 바람 고로웁고
이 골짝, 저 골짝 진달래 산살구꽃은 곱고
이 숲속 저 숲속 뻐꾸기 메'비둘기 새소리 구성지고
동쪽 집 처자는 높은 산을 몇이라도 넘어
먼먼 보천⁵⁵ 땅으로 간다는데
보천 땅은 뒤'재 우에서도 백두산이 보인다는 곳.
사람들 동쪽 집 처자를 바래 보낸다
먼 밭, 가까운 밭에, 웅기중기 일어서
호미 들어, 가래 들어 그의 앞날을 축복한다.
말하자면 이 어린 처자는 그들의 전우
전우의 앞날이 빛나기를 빈다.
하루에 감자밭 천평을 매 제끼는 솜씨—

---

55 양강도 북동부의 군.

이 솜씨 칭찬하는 마음도 이 축복에 따르고

추운 날 산 우에 우등'불 잘도 놓던 마음씨—

이 마음씨 감사하는 마음도 이 축복에 따르누나.

동쪽 집 처자는 산'길을 굽이굽이

뒤를 돌아보며, 돌아보며 발'길 무거이 간다.

가지가지 산천의 정이, 사람들의 사랑이

별리의 쓴 눈물 삼키게 하매

그 작은 붉은 마음 바쳐온 싸움의 터—

저 골짜기 발전소가, 이 비탈의 작잠장이

다하지 못한 충성을 붙들어놓지 않으매,

동쪽 집 처자는 고개를 넘어 사라진다.

그러나 그 깔깔대는 웃음소리 허공에 들리누나.

그러나 그 흘린 땀 냄새 땅 우에 풍기누나.

어제는 남쪽 집 처자를 산 우에

오늘은 동쪽 집 처자를 산 아래

말하자면 이 어린 전우들을 딴 진지로 보내는 것은

마음 얼마큼 서운한 일이니

그러나 얼마나 즐겁고 미쁜 일인가

그러나 얼마나 거룩하고, 숭엄한 일인가!

탑이 서는 거리

혁명의 거리로
혁명의 노래가 흐른다.
혁명은 청춘,
청춘은 거리로
청춘의 대오가 흐른다.
흙 묻은 배낭에 담긴 충성이,
검붉은 얼굴에 빛나는 영예가,
높은 발구름에 울리는 투지가,
오색 기'발에 나부끼는 긍지가…
흐른다, 흐른다,
혁명의 거리로, 청춘의 거리로.
혁명의 거리로 흐르는 청춘들은
탑을 세우려 멀리서 왔구나,
혁명의 거리에 하늘 높이
탑 하나 장하게 세우려 왔구나.
이 높은 탑을 우러러
천만의 가슴속마다 탑은 서리니
천만의 가슴속에
천만의 탑을 세우려 왔구나, 청춘들이여.

진리의 승리를 믿어

조국 광복의 거룩한 길에서

때도 없이, 곳도 없이,

주저와 남김은 더욱 없이

바쳐질 대로 바쳐진 고귀한 사람들의

청춘이여, 사랑이여, 꿈이여, 목숨이여,

이 탑 속에 살으리라

만년 세월이 다 가도록 살으리라,

만년 세월이 다 가도록

천만의 가슴속 탑들에도 살으리라.

혁명의 거리에 솟는 탑이여,

이 탑을 불러 인민 영웅의 탑이란다,

조국 강산에 향기로운 이름 남기고

천만 겨레의 사랑 속에 영생하는

그 사람들의 이름으로 부르고 부를

인민 영웅의 탑이란다,

영웅들의 이름, 가슴에 그리며, 따르며,

그들 위해 높은 탑을 세우려 온 청춘들이여,

영웅들의 청춘에

그대들의 청춘은 잇닿았으니,
영웅들의 력사에
그대들의 력사는 잇닿았으니,
청춘의 대오여,
그대들 오늘 이 영웅들 따라
영웅들 부르던 노래 높이 부르며
영웅들의 발'걸음에 발을 맞추며
나아가누나, 그들이 가던 길로,
그들이 목숨 바쳐 닦아놓은 길로.

혁명의 거리로 흐르는 청춘들이여,
한 탑을 세워
천만의 탑을 세우려 온 청춘들이여!

손'벽을 침은

자산 땅에 농사짓는 아주머니시여
동해 어느 곳의 선장 아바이시여
먼 국경 거리의 판매원 동무이시여,
나와 자리를 나란히 또 마주한 이들이시여,
우리 다 같이 손'벽을 칩시다
우리 소리 높이 손'벽을 칠 때가 또 왔으니.

우리 손'벽을 치는 것은
우리들의 가슴속에 기쁨이 솟구칠 때,
우리들의 영예가 못내 자랑스러울 때,

우리 손'벽을 치는 것은
우리들의 승리를 스스로 축하할 때
우리들의 마음속에 타오르는 뜻이 있을 때.

우리 손'벽을 칩시다
적으나 크나 우리 시방
또 하나 자랑스러운 영예 지니었으니,
또 하나 가슴에 넘치는 기쁨 얻었으니.

나와 자리를 나란히 또 마주한 이들이시여,

우리 같이 먼 길을 오는 기나긴 동안

우리 서로 다정하게 지나는 이 차 안에서

한때의 거처를 알뜰히 거두었으매,

길에 나서 가질 마음도, 지킬 범절도

하나같이 소홀히 하지 않았으매

어여쁜 렬차원—처녀 우리의 차'간에 승리의 기'발 걸어주고

엄격한 차장 동무 우리의 승리를 기뻐 축하하여

이제 우리들은 려행의 승리자로 되었사외다.

우리 이 승리를 위해 또 손'벽 높이 칩시다.

우리 그 동안 얼마나 많은 손'벽 쳐왔습니까

그 많은 우리들의 기쁨과 승리가 있을 때마다,

그 많은 우리들의 영예와 결의가 있을 때마다.

우리들의 손'벽 소리에

우리의 찬란한 력사는 이루어지고,

우리들의 손'벽 소리에
우리의 혁명은 큰 걸음을 내짚습니다.

한번도 헛되이 울린 적 없는 손'벽을
한번도 소홀히 울린 적 없는 손'벽을
오늘은 이 차 안의 조그만 승리 위해
조그만 영예 위해 우리 높이 울립시다.

우리 자리를 나란히 또 마주한 이들이시여,
우리의 손'벽을 높이 칩시다.
우리들의 가슴속 높은 고동을 따라.

돌아온 사람

쉰세번째 배로 왔노라 하였다.
그대의 서투른 모국의 말,
그로하여 따사롭게 그대를 껴안누나,
조국의 품이.
그대의 해쓱한 얼굴,
섬나라 풍토 사나왔음이리니
그로하여 더욱 자애로 차 바라보누나,
조국의 눈이.

이제는 차창에 기대여 잠들었구나,
그 기억 속 설레여 잘 줄 모르던
출항의 동라 소리도, 동행의 푸른 물'결도
조국 산천을 가리우던 눈'시울의 이슬도.

그러나 잠 못 들리라,
조국에 대한 사무치던 사모는,
심장에 끓어 넘치던 민족의 피는,
이 한 밤이 다 가도
천만 밤이 가고 또 가도.

아니, 잠 속에서도 사무치리라, 끓으리라

눈 감아, 이미 숨'소리 높은 사람아,
조국의 품은 구원이구나, 자유구나,
행복이구나, 삶이구나,
이 품을 위해서는 좋으리라
열 동해를 모진 바람 속에 건너도.

돌아온 사람아,
의탁하라 그대의 감격도 피곤도
새벽 가까운 시각에 수도 향해 달리는 렬차에.
그대의 하루밤의 운명 앞에는
이제 곧 찬란한 새날의 해돋이가 마주하리니.

돌아온 젊은 사람아
의탁하라 그대의 운명을,
위대한 력사의 시각을 달리는
조국의 크나큰 운명의 렬차에.

이 차는 머지않아 닿으리라,
금'빛 해'볕 철철 넘치는 속에
이 나라 온 겨레가
이 누리의 모든 친근한 사람들이
공산주의 승리에 환호 울리는 곳에.

게서는 하늘과 땅에 삶의 기쁨 넘ㅊ피고
인생의 향기 거리와 마을에 가득히 풍기리니.
이 아침을 향하여 길 바쁜 조국이
그 품에 그대의 안식을 안아 기쁘리라.

석탄이 하는 말

우리는 천 길 땅 밑으로부터
밝고 넓은 땅 우로 올라왔다.

층층히 나서는
우리들의 굳은 벽을
밤낮 없이 뚫러 나아가는
그 사람들의 힘으로 하여
그들의 그 무쇠 같은 팔뚝들로 하여
그 불덩이같이 뜨거운 마음들로 하여
그리고 무엇보다도
우리를 어서 오라고
어서 많이 오라고
부르고 또 부르신 당의 뜻으로 하여

우리 천 길 땅 밑으로부터
밝고 넓은 땅 우로 올라왔다.

우리들 비록 천만 년을
땅 속에 묻혔던 몸들이나

우리들의 가슴에도 꺼질 줄 없이

오래오래 지녀온 소원은 있었다—
우리도 밝고 넓은 세상으로 나와
나라 위해 큰일을 하고 싶었다.

큰일들 바쁘게 벌어진 땅 우에서
사람들은 우리를 반겨준다.
사람들은 우리를 믿어준다.

여기서도 저기서도 우리를 찾는다—
제철소에서도 공장에서도
그리고 발전소에서도
가지가지로 우리에게 부탁한다—
쇠를 녹여달라. 전기를 낳아달라.
옷감과 구둣감이 되여 달라…

우리 비록 차고 굳은 석탄덩어리나
우리에게도 뜨거운 피가 뛴다.

우리 비록 꺼먼 석탄 덩어리나
우리에게도 붉은 심장은 있다.

일곱 해 크나큰 일의 한몫을 맡아
자랑과 감격 안고 나선 우리.
어떻게 이 부름들 아니 좇을가.
어떻게 이 부탁들 아니 들을가.
이 부름과 부탁들
그 어디서 오는 높은 뜻임을
우리도 잘 알고 있으니!

우리들 제철소로 간다.
공장으로 발전소로 간다.
쇠도 녹이고 전기와 가스도 낳으려고
또 곱고 질린 천으로도 되려고 간다.

이 나라 강한 나라로 부자 나라로 되도록
이 나라 사람들 더욱 행복하게 살도록
모든 것을 생각하시고

모든 것을 마련하시는 어머니 당의

그 따스한 마음과 높은 뜻을

이 나라 모든 사람들과 같이 받들려고 간다.

당은 이 검고 찬 몸뚱이에

뜨거운 피와 붉은 심장 주시였으니

우리 빨갛게 타고 타런다.

일곱 해의 첫 해에도

일곱 해의 마지막 해에도.

강철 장수

멀지 않은 저 앞날에
또 하나 해가 솟으려 한다.
하늘의 해보다 더 밝은 해가
하늘의 해보다 더 뜨거운 해가

이 해는 공산주의 해
그 해 아래서는 온 세상 사람들
아무것에나 억눌리움 없이
하늘 나는 새와 같이 자유로이
아무것이나 그리움 없이
아침날의 꽃같이 풍만하게
그렇게 일하고 살아가는 세상.

우리나라는 지금
그 해를 바라 나아간다.
그 해를 어서 맞이하려
천리마의 기세로 달려 나아간다.

일곱 해가 지나는 날 우리나라가

그 밝은 해에 더욱 가까와지자고
힘세기로 이름난 여섯 장수가
나를 떠메고 나아간다.

석탄도 장수, 알곡도 장수,
철도 물고기도 집들도 장수,
그 가운데서도 가장 힘센 장수
그는 강철 장수란다.

강철 장수 앞장 서서 나아간다.
다섯 장수들이 뒤를 따른다.

강철 장수 다섯 장수들을 도와준다—
있는 제 힘 제대로들 다 쓰라고
뜨락또르 되여 알곡 장수를
쇠기둥이 되여 집 장수를
기관선이 되여 물고기 장수를

직포기[56]가 되여 천 장수를.

공산주의 해를 바라
나라를 떠메고 내달리는
용감한 여섯 장수들의 앞에서
어머니 당이 걸어 가신다.
그들의 갈 길을 골라
어머니 당은 가리키신다.
그들이 길을 헛돌지 않도록
그들의 길이 막히지 않도록

다섯 장수들의 앞장에 서서
어머니 당을 따라 나아가는 강철 장수께
우리들 두 팔 높이 들어
큰 소리로 만세 외치자!

---

56 피륙을 짜는 기계.

사회주의 바다

어느 나라에 바다가 있네
이 바다 넓고 푸른 바다라네

이 바다 이 나라 사람들을 부르네
봄, 여름, 가을, 겨울 없이
어느 때나 간절히 사람들을 부르네.
사람들도 젊은 사람들을 부르네.
그 푸른 물결의 노래로
그 흰 갈매기들의 춤으로.

그러나 그보다도 바다는 부르네
그 넓고 깊은 가슴에 가득 안은
살찌어 기름진 물고기들로 부르네.

이리하여 바다에는 배들이 덮이네
크고 작은 기곗배들이 덮이네
봄, 여름, 가을, 겨울 없이 덮이네.

바다는 홍성거리네

기쁨과 희망으로 찼네—
그 가슴을 울리는 발동기 소리들로,
멀리 하늘가로 퍼져 가는 뱃노래로,
행복한 뱃사람들의 웃음소리들로.

바다는 이 나라 사람들 위해
아담한 문화 주택 골고로히 세워주네
재봉기도 라디오도 사들이네—
그 품에 담뿍 안은 기름진 물고기들로
살찐 미역이며 다시마며 조개들로.

바다는 이 나라 아이들에게
철따라 올곳볼곳 고운 옷을 입히네
시집 장가가는 젊은이들에겐
비단 이부자리도 마련하여 주네—
그 품에 담뿍 안은 기름진 물고기들로

살찐 미역이며 다시마며 조개들로.
이 나라 사람들에겐 고마우네

제 나라의 이 바다가 고마우네.
이 바다 그들에게
한없는 행복과 기쁨을 주는 바다이네.

그러나 이 바다 지난날엔
사람들에겐 어두운 바다였네
이 바다 많은 사람들을 위해
행복과 기쁨을 주는 바다는 아니었네.
그 가슴에 품은 크나큰 사랑도
그리고 풍성한 보배도
이 바다 많은 사람들께 주지 못했네
노동의 기쁨도 생활의 감격도
여기서는 사람들 찾지 못하였네.

그러나 오늘은 밝은 바다
이 나라 사람들의 바다 되여
사람들의 가슴을 뜨겁게 하네
제 나라의 제 바다를 사랑하는
그 마음으로 뜨겁게 하네.

바다는 사람들의 정신을 억세게 하네
이리도 고마운 제 나라의 제 바다를
그 어느 원쑤에게도 아니 빼앗길
그런 정신으로 억세게 하네.

딴 나라 사람들 이 나라로 와
이 바다, 어떤 바다이냐 물으면
이 나라 사람들 선뜻 대답하리라—
이 바다, 사회주의 나라의
사회주의 바다라고
이 바다, 사랑하는 우리 조국의
우리 조국의 바다라고.

조국의 바다여

물'결이 온다
흥분에 떠는 흰 물'결이
기슭에 찰석궁 물을 던진다

울릉도 먼 섬에서 오누란다
섬에선 사람들 굶어 죽는단다
섬에는 배도 다 깨어졌단다.

물'결이 온다
격분으로 숨가쁜 푸른 물'결이
기슭을 와락 그러안는다

인천, 군산 항구에서 오누란다
항구엔 끊임없이 원쑤들이 들어 온단다
항구에선 겨레들이 팔려 간단다.

밤이고 낮이고 물'결이 온다,
조국의 남녘 바다 원한에 찬 물'결이
그리워 그리운 북으로 온다

밤이고 낮이고 물'결이 간다
조국의 북녘 바다 거센 물'결이
그리워 그리운 남으로 간다,
울릉도로 간다, 인천으로도 간다.

주리고 떠는 겨레들에겐
일어나라고 싸우라고
고무와 격려로 소리치며,

뼈대의 피맺힌 원쑤들에겐
몰아낸다고, 삼켜 버린다고
증오와 저주로 번쩍이며,

해가 떠서도, 해가 져서도
남쪽 북쪽 조국의 하늘을
가고 오고, 오고 가는 심정들같이
남쪽 북쪽 조국의 바다를
오고 가고, 가고 오는 물'결들,

이 나라 그 어느 물'굽이에서도

또 그 어느 기슭에서도

쏴― 오누라고 치는 소리 속에

쏴― 가누라고 치는 소리 속에

물'결들아,

서로 껴안으라, 우리 그렇게 껴안으리라

서로 볼을 비비라, 우리 그렇게 볼을 비비리라

서로 굳게 손을 쥐라, 우리 그렇게 손을 쥐리라

서로 어깨 걸으라, 우리 그렇게 걸으리라

이 나라 남쪽 북쪽 한 피 나눈 겨레의

하나로 뭉친 절절한 마음들 물'결 되여 뛰노는

동쪽 바다, 서쪽 바다, 또 남쪽 바다여,

칼로도 총으로도 또 감옥으로도

갈라서 떼여 내진 못할 바다여,

더러운 원쑤들이

오직 하나 구원 없는 회한 속에서

처참한 멸망을 호곡하도록
너희들 노호하라, 온 땅을 뒤덮을 듯,
너희들 높이 솟으라, 하늘을 무너칠 듯.

그리하여 그 어느 하루 낮도, 하루 밤도
바다여 잠잠하지 말라, 잠자지 말라
세기의 죄악의 마귀인 미제,
간악과 잔인의 상징인 일제
박정희 군사 파쑈 불한당들을
그 거센 물'결로 천리 밖, 만리 밖에 차던지라.

백석 연보

1912년 7월 1일, 평안북도 정주군 갈산면 익성동에서 아버지 백시박
    과 어머니 이봉우 사이의 장남으로 태어남. 본명은 백기행白
    夔行.

1918년 오산소학교 입학.

1924년 오산소학교 졸업, 오산학교 입학.

1929년 오산고등보통학교(오산학교의 바뀐 이름) 졸업.

1930년 《조선일보》 '신년현상문예'에 단편소설 「그 모母와 아들」 당
    선.

    조선일보 후원 장학생에 선발되어 일본 도쿄의 아오야마青山
    학원에서 영문학을 전공함. 당시 조선일보의 사주는 백석과
    동향인 정주 출신의 방응모였으며, 또한 백석의 아버지는 사
    진 기술을 익힌 조선 내의 몇 안 되는 인물로서 조선일보의 사
    진반장으로 있었다.

1934년	졸업 이후 귀국하여 《조선일보》에 입사함. 출판부에 소속되어 조선일보에서 발행하던 잡지 《여성》의 편집 일을 함.
1935년	8월 30일, 시 〈정주성〉을 《조선일보》에 발표하며 신인으로 등단. 조선일보에서 창간한 시사 잡지 《조광》의 편집 일 담당함.
1936년	1월 20일, 시집 『사슴』을 100부 한정판으로 출판. 4월, 조선일보를 퇴사하고, 함흥 영생고보의 영어 교사로 부임함.
1938년	교사직을 그만두고 서울로 내려옴.
1939년	《조선일보》에 재입사하여 다시 《여성》지의 편집 일을 담당함. 이해 말 다시 사직하고 만주국의 수도 신경으로 떠나, 만주국 국무원 경제부에서 근무함.
1940년	토머스 하디의 장편 소설 『테스』를 번역하고 이 책의 출간을 위해 10월 서울로 돌아와 '조광사'를 방문함.
1942년	만주의 안동 세관에서 근무함. 12월, 러시아계 만주 작가 니콜라이 바이코프의 『밀림유정』 번역하여 《조광》에 발표.
1945년	해방 이후 신의주를 거쳐 고향 정주로 돌아감.
1946년	독립운동가 고당 조만식 선생의 통역 비서로 일함.

1947년	시모노프의 『낮과 밤』, 솔로호프의 『그들은 조국을 위해 싸웠다』 번역 출간.
1948년	파데예프의 『청년 근대위』 번역.
1949년	솔로호프의 『고요한 돈강 1』, 이사코프스키의 시집 번역 출간.
1950년	『고요한 돈강 2』 번역 출간.
1953년	파블렌코의 『행복』 번역 출간.
	1947년 10월 문학예술총동맹 문학가동맹 외국문학분과원에 소속된 이래 이해에 이르기까지 작품 창작 활동은 하지 않고 번역 활동만을 하였다.
1955년	『뿌슈킨 선집-시편』 공동 번역 출간.
1956년	《조선문학》 5월호에 「동화문학의 발전을 위하여」를, 9월호에 「나의 항의, 나의 제의」를 발표함.
1957년	동화 시집 『집게네 네 형제』 출간.
	《아동문학》 4월호에 〈멧돼지〉〈강가루〉〈산양〉〈기린〉 4편의 시를 발표함. 기존의 아동문학과 다르다는 이유로 첨예한 논쟁이 벌어짐. 백석은 「큰 문제 작은 고찰」 「아동문학의 협소화를 반대하는 위치에서」 등의 글을 발표하며 자신의 의견을 적극적으로 개진하였다.
	7월, 〈감자〉 등의 시를 《평양신문》에 발표함.
1958년	5월, 시 〈제3인공위성〉을 《문학신문》에 발표함.
	8월, 「사회주의적 도덕에 대한 단상」 발표.

10월, 부르주아 잔재에 대한 비판으로 분위기가 경직되면서 활동이 위축됨.

1959년   1월, 양강도 삼수군 관평리의 국영협동조합으로 내려가 양치기, 농사일 등을 함.

다시 시를 쓰기 시작해 《조선문학》 6월호에 〈이른 봄〉 〈공무려인숙〉 〈갓나물〉 〈공동식당〉 〈축복〉을, 9월호에 〈하늘 아래 첫 종축 기지에서〉 〈돈사의 불〉을 발표함.

1961년   12월, 《조선문학》에 〈탑이 서는 거리〉 〈손'벽을 침은〉 〈돌아온 사람〉 발표.

1962년   10월, 북한 문화계 전반에 복고주의에 대한 비판이 강화되면서, 일체의 창작 활동을 중단함.

1996년   1월 7일, 사망.

백석 전 시집 나와 나타샤와 흰 당나귀

초판 1쇄 발행   2023년 7월 25일
초판 5쇄 발행   2024년 11월 1일

지은이   백석
펴낸이   김상철
발행처   스타북스
등록번호   제300-2006-00104호
주소   서울시 종로구 종로 19 르메이에르종로타운 A동 907호
전화   02) 735-1312
팩스   02) 735-5501
이메일   starbooks22@naver.com

ISBN   979-11-5795-699-9 03810

이 책의 본문 일부분에 '을유1945' 서체를 사용했습니다.